Os **CONTOS**,
As **CRÔNICAS**,
As **LENDAS**,
Os **EXCLUÍDOS**

Editora Appris Ltda.
1.ª Edição - Copyright© 2022 do autor
Direitos de Edição Reservados à Editora Appris Ltda.

Nenhuma parte desta obra poderá ser utilizada indevidamente, sem estar de acordo com a Lei n° 9.610/98. Se incorreções forem encontradas, serão de exclusiva responsabilidade de seus organizadores. Foi realizado o Depósito Legal na Fundação Biblioteca Nacional, de acordo com as Leis n°s 10.994, de 14/12/2004, e 12.192, de 14/01/2010.

Catalogação na Fonte
Elaborado por: Josefina A. S. Guedes
Bibliotecária CRB 9/870

L256c
2022

Landgraf, Antonio Alvino
   Os contos, as crônicas, as lendas, os excluídos / Antonio Alvino Landgraf - 1. ed. - Curitiba : Appris, 2022.
   187 p. ; 21 cm.

   ISBN 978-65-250-2870-5

   1. Ficção brasileira. I. Título.

CDD - 869.3

Livro de acordo com a normalização técnica da ABNT

Appris editora

Editora e Livraria Appris Ltda.
Av. Manoel Ribas, 2265 – Mercês
Curitiba/PR – CEP: 80810-002
Tel. (41) 3156 - 4731
www.editoraappris.com.br

Printed in Brazil
Impresso no Brasil

Antonio Alvino Landgraf

Os **CONTOS**,
As **CRÔNICAS**,
As **LENDAS**,
Os **EXCLUÍDOS**

FICHA TÉCNICA

EDITORIAL	Augusto V. de A. Coelho
	Marli Caetano
	Sara C. de Andrade Coelho
COMITÊ EDITORIAL	Andréa Barbosa Gouveia (UFPR)
	Jacques de Lima Ferreira (UP)
	Marilda Aparecida Behrens (PUCPR)
	Ana El Achkar (UNIVERSO/RJ)
	Conrado Moreira Mendes (PUC-MG)
	Eliete Correia dos Santos (UEPB)
	Fabiano Santos (UERJ/IESP)
	Francinete Fernandes de Sousa (UEPB)
	Francisco Carlos Duarte (PUCPR)
	Francisco de Assis (Fiam-Faam, SP, Brasil)
	Juliana Reichert Assunção Tonelli (UEL)
	Maria Aparecida Barbosa (USP)
	Maria Helena Zamora (PUC-Rio)
	Maria Margarida de Andrade (Umack)
	Roque Ismael da Costa Güllich (UFFS)
	Toni Reis (UFPR)
	Valdomiro de Oliveira (UFPR)
	Valério Brusamolin (IFPR)
SUPERVISOR DE PRODUÇÃO	Renata Cristina Lopes Miccelli
ASSESSORIA EDITORIAL	Manuella Marquetti
REVISÃO	Andréa L. Ilha
PRODUÇÃO EDITORIAL	Isabela Bastos
DIAGRAMAÇÃO	Bruno Ferreira Nascimento
CAPA	Eneo Lage
COMUNICAÇÃO	Carlos Eduardo Pereira
	Karla Pipolo Olegário
	Kananda Maria Costa Ferreira
	Cristiane Santos Gomes
LANÇAMENTOS E EVENTOS	Sara B. Santos Ribeiro Alves
LIVRARIAS	Estevão Misael
	Mateus Mariano Bandeira
GERÊNCIA DE FINANÇAS	Selma Maria Fernandes do Valle

AGRADECIMENTOS

Agradecimentos ao Professor Luiz Fernando Mazzarotto.

Este livro é dedicado à minha mulher, Neusa do Rocio.

Sumário

PARTE I. OS CONTOS

A LAGARTIXA ... 13
A MOEDA ... 16
A MUDANÇA ... 22
A VINGANÇA ... 25
A VISITA ... 29
AS COXAS ... 32
MARGARIDO ... 35
O ABACAXI ... 39
O BAR ... 42
O BOLO ... 46
O BOSQUE ... 50
O BURRO ... 53
O CLIENTE ... 56
O GALO ... 59
O "INSETICIDA" ... 65
O MORCEGO ... 73
O PINHEIRO ... 76
O TATU ... 80
UM CONTO DE PÁSCOA ... 84
UMA HISTÓRIA AINDA SEM NOME ... 88
A OBSESSÃO ... 94
ESTELA ... 97
O PRESENTE DE CASAMENTO ... 103
O SEGREDO ... 107

PARTE II. AS CRÔNICAS

A ÁGUA 112
A OPÇÃO 117
A ROSA VERMELHA 120
O CORONAVÍRUS – A FASE INICIAL 124
E ASSIM.... 129
MORTE DIGNA E MORTES CRUÉIS 134
O GUARDAMENTO 137
O LIXO 141
UMA REFLEXÃO PÓS-MORTE 146

PARTE III. AS LENDAS

A DEUSA 151
A MULA SEM CABEÇA 154
ATLÂNTIDA 157
   Arconto 160
   Areópago 160
   Eclésia 161

PARTE IV. OS EXCLUÍDOS

A GUARDADORA DE CARROS 168
UMA CONVERSA DE BOTECO 172
OS VICENTINOS 175
UM MORADOR DE RUA 181
XIMENORI 185

PARTE I.

OS CONTOS

A LAGARTIXA

Os preparativos para a noite começaram cedo. Reserva no famoso restaurante Ille de Provance, seu sonho desde o tempo de estudante, quando passava em frente ao local, todos os dias, ao tomar o ônibus para a faculdade. Escolheu antecipadamente um vinho indicado pelo *sommelier*: o melhor da adega. Consultou o cartão de crédito, raspou o limite, a ocasião exigia. Fechou o pacote.

Não esqueceu os detalhes da roupa: terno e camisa impecavelmente passados, sapato brilhando, lenço na lapela. Ela escolheu uma saia preta e blusa da mesma cor, levemente transparente e com decote generoso que lhe dava um ar sensual. Isso sem contar o cabelo produzido no salão mais requintado de Curitiba. Gastou uma nota!

O jantar ocorreu tal como esperavam: comida e bebida melhores do que aquelas impossível. Conversa carinhosa, lembrando detalhes de como se conheceram e, principalmente, recordando como foi o casamento, há exato um ano. E como não poderia ficar de fora, como seria a comemoração quando chegassem à sua casa!

O quarto não poderia estar mais aconchegante: cortinas lavadas, lençóis de algodão egípcio, abajur à meia-luz, música suave. Ela tinha acabado de tirar o sutiã, sob o olhar atento do marido, quando deu um grito aterrorizante. Não um grito: uma sequência de gritos apavorantes que devem ter sido ouvidos nos apartamentos vizinhos. Gritos de personagem de filme de terror. O marido ficou perdido. Não sabia o que fazer. Não sabia o que estava acontecendo, até que viu, na pele morena clara da esposa, um pequeno animal branco que movimentava a calda freneticamente. Era uma lagartixa que tinha vindo não se sabe de onde e que caíra do teto diretamente sobre o busto da mulher.

Apavorada, a mulher se debatia de um lado ao outro do quarto, até que bateu o rosto na cabeceira da cama, lesando o nariz e provocando sangramento. Em outro movimento desesperado, bateu a face no abajur, provocando um hematoma.

Ele tentou retirar aquele bicho frio e nojento. Mas a lagartixa é um animal adequado a escalar paredes. Suas patas têm ventosas poderosas que se fixam na pele e se aprofundam também no corpo.

Ele tentou retirá-la com as mãos, mas não conseguiu. Retirou apenas a cauda: o animal continuava vivo. Ela era pequena, porém valente. Estava lutando por sua vida. Suas ventosas eram firmes.

A solução foi buscar uma faca e raspar o animal. Mas ficaram lesões na pele. Em sua ira, retalhou a lagartixa em pedaços e deixou a faca ensanguentada em cima da cama.

Mesmo sem a lagartixa no corpo, ela continuava a gritar desesperadamente.

Nesse intervalo, os vizinhos, pensando que a mulher estava sendo agredida, chamaram a polícia. Como o casal não atendeu à porta, os policiais arrombaram-na e, ao entrarem no quarto, viram um quadro semelhante a um filme de terror!

A mulher sangrava pelo nariz, o rosto machucado pela queda sobre o abajur, a pele raspada à faca, além do objeto ensanguentado em cima da cama. A mulher, ainda em transe, não conseguia falar. Dedução óbvia dos policiais: tentativa de assassinato, agravada por feminicídio. Não adiantou toda a explicação, toda a justificativa do marido. Foi preso em flagrante.

A mulher, fora de si, foi levada para uma clínica particular. O médico, após o atendimento de rotina, foi preencher o prontuário. Quebrou a cabeça para achar o termo correto do seu diagnóstico. Após consultar alguns livros antigos da época da faculdade, encontrou o nome que mais se aproximava do sintoma: herpetofobia. Escreveu a palavra com os hieróglifos tradicionais, para ninguém entender mesmo.

No dia seguinte, já recuperada, ela foi à delegacia acompanhada de advogado. O caso foi esclarecido, e o marido, liberado.

Fica um questionamento, de resposta difícil, quase indecifrável: por que um animal tão pequeno, útil em casa, predador de baratas, pernilongos, formigas e até de aranhas-marrons, pode causar um transtorno tão grande?

O fato é que a comemoração se transformou em pesadelo.

O destino pregou uma peça a mais em personagens escolhidas aletoriamente.

Em tempo: o deus na mitologia grega, que rege o destino dos homens, chama-se Moros. Ele era um deus tão imprevisível, e sua vontade tão inquestionável, que até o próprio Zeus — entidade maior do Olimpo — submetia-se aos seus caprichos.

A MOEDA

Adalberto trabalhava como balconista em uma firma comercial de secos e molhados. Era um funcionário dedicado. Tinha muita habilidade ao tratar com os clientes.

Com o desenvolvimento dos negócios, os proprietários da empresa resolveram transformá-la, no início dos anos 1960, em uma empresa atacadista, a qual poderia atender a uma ampla região do norte do Paraná, onde as cidades e os patrimônios surgiam como cogumelos, atraídos pela cultura do café, cuja população crescente era ávida por bens de consumo e de produção.

Com essas modificações, foi oferecida a Adalberto a função de caixeiro viajante. Seu trabalho era percorrer semanalmente uma "linha" de cidades, procurar os comerciantes, oferecer os produtos de que a empresa dispunha, informar as novidades recebidas e efetuar as vendas, mediante a emissão de pedidos das mercadorias solicitadas.

Na sexta-feira à tarde, os pedidos deveriam estar na empresa, que organizaria as entregas a partir da semana seguinte.

A empresa oferecia um salário-base mais uma comissão sobre as vendas e um fusca "pé de boi" para suas viagens a trabalho.

Adalberto aceitou de imediato. Via a possibilidade de melhorar seus rendimentos e dar uma vida melhor à sua mulher e às suas duas filhas.

Em pouco tempo, já dominava a nova atividade. Passou a conhecer todos os clientes. Seu cumprimento era um sorriso espontâneo; o seu aperto de mão forte lembrava a pata de um urso.

Vários clientes começaram a fazer pedidos particulares, coisas pequenas que não encontravam em suas cidades: aviamentos, material escolar, e até mesmo algum medicamentos. Adalberto gostava mesmo era de atender às encomendas de miudezas: botões, carretel de linha, zíper, fitas, elásticos. Alguns produtos ele comprava por cento e vendia por dezena. Outros repassava três pelo preço de uma dúzia. Por uma questão de princípios, não colocava sobrepreço em medicamentos. Até pechinchava no preço com o farmacêutico para obter um desconto em benefício do usuário. O seu trabalho de vendedor, acrescido da atividade paralela, trouxe-lhe prosperidade.

Em alguns anos de trabalho, adquiriu casa própria dentro de seus recursos, mobiliando-a acima de sua expectativa.

Tocava a vida na rotina: saía de casa segunda-feira bem cedo, retornava sexta-feira à tarde. Sábado pela manhã, acertava os detalhes na empresa. Sábado à tarde, comprava as encomendas solicitadas e dedicava o domingo à mulher e às duas filhas.

Certa terça-feira, no entanto, houve um imprevisto. Seu carro quebrou no meio do caminho. Conseguiu um jipe para rebocá-lo até a cidadezinha próxima. A oficina modesta não tinha a peça disponível. Solução: voltar, comprar a peça no dia seguinte e levá-la para consertar o seu "pé de boi". Tomou um ônibus e chegou à casa depois das 22 horas. Notou que alguma coisa estava errada: o portão semiaberto, e a porta da rua apenas encostada, com uma pequena fresta.

"Tem ladrão em casa!", pensou. Tirou o revólver da pasta, entrou na ponta dos pés e dirigiu-se para o quarto das filhas. Estavam dormindo na mais completa tranquilidade. Ao se encaminhar para o quarto do casal, ouviu sussurros e gemidos. Da soleira da porta, viu a sua mulher e um seu conhecido trocando carícias em excesso e com roupas de menos. O sangue ferveu em seu rosto. Em fração de segundos, imaginou as filhas chorando. Bateu na porta com a coronha do revólver.

Não dá para descrever o susto dos adúlteros!

Adalberto falou, aos berros:

— Pedro, sente-se e não se aproxime de mim, senão atiro! Não vou matá-los. Se quisesse, já teria feito. O delegado, chegando aqui, encontraria vocês dois mortos, despidos, na minha cama. Eu não seria condenado, seria talvez até elogiado pela defesa da honra! Entretanto, qual seria a recordação que as minhas filhas teriam de mim, se eu assassinasse sua mãe? E o que seria de seus quatro filhos sem pai? Você tem apenas uma lojinha tipo focinho de porco. Passariam fome, com certeza! Talvez tornar-se-iam marginais ou prostitutas!

Tomou fôlego e continuou:

— Pedro, a Maria, a minha mulher, lhe prestou um "serviço". Deve ter sido bom, conforme você demonstrou pelo seu entusiasmo. Tem que pagar! Não é assim que as coisas funcionam?

Pedro, tremendo, falou:

— Não trouxe carteira. Saí sem nada, pois ia voltar rapidamente para casa. Carrego apenas uma moeda de prata de 10 *shillings* da libra esterlina, que meu avô ganhou dos ingleses quando trabalhava na construção da Ferrovia Paraná-São Paulo. Ele disse que seria a minha moeda de sorte!

— Realmente é a sua moeda de sorte. Hoje ela comprovou isso! Deixe-a em cima do criado-mudo. Vista apenas sua cueca. As outras peças eu vou queimar. Suma da minha casa. Se você der novamente um passo dentro do meu quintal, vai levar dois tiros em cada joelho e não haverá nenhum ortopedista, nem mesmo em São Paulo, que poderá consertá-los.

Quando Pedro passou diante de Adalberto, levou um murro com sua pata de urso, que fez saltaram dois dentes de sua boca ensanguentada.

— E quanto a você, Maria, amanhã conversaremos, já com a cabeça fria. Não vou tomar nenhuma decisão com raiva, pois posso me arrepender mais tarde. Que decepção você aprontou!

Na manhã seguinte, quando Adalberto levantou, suas filhas já estavam tomando café.

Tereza, a mais velha perguntou:

— Por que o senhor dormiu no sofá?

— Minha filha, eu cheguei tarde e não quis acordar a sua mãe.

Quando todos estavam à mesa, Adalberto tirou a moeda do bolso e, com os dois dedos, girou-a sobre a mesa, até ela parar lentamente.

Marta, a mais nova, exclamou:

— Que moeda bonita! O senhor nos dá de presente?

— Desculpe, filha, não posso. Essa moeda a sua mãe ganhou com muito esforço. Mereceu por sua dedicação e muito suor. Será a minha lembrança.

Maria retirou-se para chorar!

Após as filhas saírem para a escola, Adalberto simplesmente falou que iria comprar a peça do carro e voltaria no sábado, pois perdera um dia de trabalho com o veículo quebrado.

Maria chorou muito, pediu desculpas, pediu mil vezes que a perdoasse. Adalberto nada disse.

No retorno, nem uma palavra, salvo a moeda rodopiando sobre a mesa na hora do jantar.

O ritual repetiu-se nos próximos dois finais de semanas. Maria ia definhando. Adalberto ponderou que a família era prioritária ao orgulho próprio. As conversas entre o casal resumiam-se a monossílabos.

Maria foi perdendo o controle emocional. Um dia, não aguentou e disse:

— Adalberto, fale comigo; xingue-me de todos os nomes; bata-me; dê-me uma surra; quebre os meus ossos! Qualquer agressão física ou moral é melhor do que o seu silêncio!

Adalberto continuou monossilábico, mas a moeda não rodou mais sobre a mesa!

Dois meses depois, em um domingo à tarde, quase escurecendo, Adalberto chamou Maria e disse:

— Precisamos ter uma conversa! A empresa vai abrir uma filial em Mato Grosso e ofereceram-me um trabalho melhor. Pretendo mudar com as minhas filhas, tão logo elas terminem o ano letivo. O pessoal da firma ficou de arrumar uma casa para mim. Se você quiser ir junto, poderemos fazer uma tentativa para recomeçar nossas vidas, em condições que vamos definir clara e nitidamente. Caso contrário, venderemos a casa, dividiremos o valor, e cada um segue seu destino.

No início de janeiro, todos partiram para Rondonópolis! As filhas eram as mais animadas: novo lugar, novas perspectivas. Incluíram, na bagagem, os seus sonhos coloridos de adolescentes.

Ao atravessarem a ponte sobre o Rio Paranapanema, Adalberto jogou, na água, a moeda da discórdia, simbolizando que o passado ficaria para trás. Maria, depois de longo tempo de amargura, fez surgiu um tímido sorriso, mais na alma do que no rosto. Viu, nesse gesto, a esperança de uma reconciliação!

Algumas informações:

1 - Pé de Boi: versão do Fusca com preço menor, desprovido de tudo que não fosse exigido pela legislação do trânsito. Falava-se que, em seu interior, tinha apenas os bancos e o marcador de combustível. No exterior, nada de frisos metálicos, apenas pintura. Não tinha nem o emblema da VW no capô. Sua vida foi curta. Não durou dois anos. Deixou de ser fabricado em 1966.

2 - 10 *shillings*: moeda equivalente a 50% do valor da libra esterlina. A partir de 1971, com a adoção do sistema decimal na moeda inglesa, passou a ser 50 *pences*.

3 - A Ferrovia São Paulo-Paraná foi uma concessão que o Governo Federal fez, em 1928, a uma Companhia inglesa, a Paraná Plantantios. Teve origem na cidade de Ourinhos, na divisa com o Estado de São Paulo, e ligava as regiões produtoras de café do norte do Paraná, com a finalidade de escoar a produção pelo

Porto de Santos. O plano inicial era chegar até a fronteira com o Paraguai. Entretanto, com o advento da Segunda Guerra Mundial, o governo inglês decretou que todo capital deveria ser repatriado. A Ferrovia, que, em 1942, chegou a Apucarana, foi vendida para um grupo brasileiro.

A MUDANÇA

— Senhor Jorge, você bem sabe que o aluguel está três meses atrasado. Entendo sua situação. Também estudei com dificuldades. Tenho bom coração, mas tenho meus compromissos. Você tem uma semana para pagar a conta; caso contrário, vou deixar seus móveis ao lado do elevador, no andar térreo!

Jorge levou um choque, mesmo sabendo que mais cedo ou mais tarde isso aconteceria! O pai, a muito custo, mandava uma mesada curtinha, usada preferencialmente em alimentação, no restaurante universitário e na passagem de ônibus. Na última semana do mês, frequentemente ia a pé para a faculdade: 4 km.

O apartamento, localizado em um edifício próximo à Praça Santos Andrade, na verdade, era uma quitinete. Quando alugou, estava "pelado": comprou uma cama e um criado-mudo no Bazar das Pulgas. Fez uma prateleira estreita, cujas meias-taboas eram sustentadas por duas fileiras de quatro tijolos sobrepostos, na qual guardava os poucos livros, comprados no sebo da Rua Voluntários da Pátria. Seu guarda-roupas eram os pregos fixados nas paredes, muitos pregos! A escrivaninha era dobrável. Ocupava pouco espaço.

Naquele instante, surgiram, em sua mente, três perguntas: onde conseguir dinheiro emprestado para quitar a dívida com o senhorio? Caso contrário, onde morar? O que fazer com todo os seus "bens"?

Procurou os colegas de faculdade. Não encontrou nenhuma alma disposta a ajudar. A maioria deles estava dura como ele. Outros, com condições, escondiam o jogo; faziam-se de mortos. Um amigo deu uma ideia:

— Por que você não muda para a minha pensão? O aluguel é CR$ 300,00, metade do que você paga. (CR$ não é engano). Dá para enrolar uns dois meses, até lá você pode estar com a situação equilibrada. Só tem um detalhe: não tem móveis".

— Não tem problema, eu tenho os meu meus. Vou achar uma carroça para fazer a mudança — disse Jorge.

— Nada disso — falou o mentor intelectual. — Vamos fazer algo original para a gente recordar no futuro. Vamos fazer a mudança no braço. Afinal, são apenas oito quadras até o início da Inácio Lustosa.

Na época, essa era uma rua salpicada de pensões para estudantes: o Pombal das Virgens, a Toca do Tatu, a Mansão dos Sujos, o Ninho dos Urubus. **Um detalhe: este último nome foi adotado pelo Flamengo para denominar o seu Centro Esportivo, no Rio de Janeiro.** Nesse ambiente, e com todos esses nomes escrachados, destoava-se a Casa do Universitário Luterano, com a sua austeridade germânica.

Juntaram os amigos, quatro no total. Desmontaram a cama, no interior do apartamento, e montaram-na no piso térreo. Sobre ela, colocaram os demais bens, incluindo uma gravata sebosa desde o tempo do trote. Roupas socadas. As duas garrafas de cachaça não poderiam ficar de fora: uma semiaberta, para o consumo; a outra, fechada, que havia ganhado no jogo de truco. Não esqueceu os livros.

Deixou um bilhete de despedida: "Senhor Jorge, desculpe--me por sair na calada da noite. Não aguentaria a humilhação de ser despejado. Pode ter certeza de que voltarei, e o aluguel será pago com juros".

A hora da partida não poderia ser mais significativa: quase meia-noite. Última lua cheia de julho de 1964. Não tinha ninguém nas ruas. O frio era intenso. Todos usavam capuzes, os quais lhes protegiam os rostos. Saíram animados, cantando em tom baixo. Quando cansavam, sentavam-se na cama e divertiam-se com a situação.

Chegando à Praça do Peladão, um susto, um senhor susto. Deram de frente com uma patrulha do Exército. O regime militar havia sido implantado há quatro meses, a repressão estava em vigor.

— Parem! O que estão fazendo? — perguntou o sargento.

Jorge tentou explicar. Não convenceu!

— Vocês são suspeitos de roubo — continuou o militar. — Vou chamar a Polícia Civil!

Um cabo puxa-saco gritou:

— Sargento, eles são terroristas! Estão planejando algum atentado. Veja só: a cama pode ser usada como barricada, os tijolos para atacar, as garrafas de pinga poderão se transformar em coquetéis Molotov (tem até o pavio: esta gravata fininha), além de estarem com os rostos praticamente cobertos. Vamos dar uma prensa e descobrir o mocó!

A gritaria de ambas as partes chamou a atenção do tenente, que estava examinando um caminhão. Dirigiu-se ao grupo e quis ouvir novamente a história. Escutou sem pressa: estudante a ser despejado, dificuldade financeira para fazer a mudança, luta para continuar o seu estudo, solidariedade de três amigos. Deveria ter alguma coisa de verdade, pensou ele.

— Vamos verificar o seu caso. Se for verdade, estarão livres. Caso contrário, não sei o que vai acontecer com vocês, mas boa coisa não vai ser.

Mandou alguns soldados acompanharem o pessoal. Eram apenas duas quadras até a pensão.

Então, tudo se esclareceu. Até hoje, não sabem o que teria acontecido se outro oficial estivesse no local. No nervosismo, nem ficaram sabendo o nome do tenente, mas ele não será esquecido. Sabem apenas que um anjo da guarda apareceu no momento certo.

PS: a mudança é verdadeira. Houve apenas "algumas inclusões". O conto tem que ter fantasia. Sem fantasia, torna-se simplesmente uma narração.

A VINGANÇA

O campinho de futebol ficava no fundo da Vila Araçá, em Serra Morena, situada no Baixo Tibagi. O terreno pertencia a uma olaria que encerrara as atividades. Os herdeiros entraram na Justiça sobre a divisão dos bens e, enquanto aguardavam a sentença, que tradicionalmente demora muito tempo, o líder da família permitiu que um grupo de adolescentes utilizasse a área para esportes. Não foi simplesmente uma boa ação: o uso do espaço, com quase um hectare, impediria que o terreno fosse invadido por moradores de uma comunidade vizinha.

Aquiles era um dos mais entusiasmados. Reuniu um grupo de amigos, e, com enxadas, enxadões e outras ferramentas, arrancaram as touceiras de capim e os pequenos arbustos. Dentro de suas limitações, nivelaram grosseiramente o terreno. Demarcaram-no como se fosse um campo oficial. Ergueram as traves com varas de eucalipto. A grana deu apenas para comprar a bola. Ficou sem redes.

Quando ficou pronto, batizaram-no de "Arena da Baixada": "Arena", pois se consideravam verdadeiros "leões", como jogadores, e "Baixada" devido à localização geográfica do terreno. Uma curiosidade importante: **esse nome, mais tarde, seria adotado pelo Athletico Paranaense para denominar o seu estádio, na Capital do Estado.**

Aquiles era um adolescente de 15 anos. Estudava o 4º ano ginasial. Suas notas estavam na média da classe. Tinha um porte que chamava a atenção: 1,75 m e pesava 56 quilos. Não era magro, era magérrimo. Na época, ainda não havia surgido o HIV, senão seria considerado um portador típico, o verdadeiro protótipo!

Sua paixão era o futebol, jogar futebol! Aguardava os sábados à tarde ou as manhãs de domingo para reunir os amigos para uma pelada.

No início, o grupo era pequeno. Meia dúzia de gatos pingados correndo desordenadamente atrás da bola. Aquiles estava em todas! Com o passar do tempo, o pessoal foi crescendo e, a princípio, organizavam-se em dois lados. Não eram fixos. Os atletas se mesclavam, ora jogando em um, ora em outro.

Algum tempo depois, o grupo resolveu transformar-se em dois times.

Os dois melhores jogadores do local organizavam as equipes e iam escolhendo alternativamente seus companheiros. Aquiles era um dos últimos a ser "convocado". Mas o vexame maior era quando não era escolhido, e permitiam-lhe jogar no time que quisesse. Alguém dizia "Escolha qualquer lado"!

Essas palavras materializavam as conversas que ele ouvia em sussurros:

— O Aquiles é entusiasmado, mas ele é muito fraco fisicamente. Na defesa, não consegue barrar os adversários; no ataque, é rápido, mas não tem habilidade para driblar, é ruim de pontaria e vai para o chão em qualquer esbarrada do beque.

Aquiles conhecia suas limitações, mas sentia-se injustiçado. Afinal de contas, fora o líder em conseguir a liberação do terreno para o campinho, junto aos herdeiros da olaria.

As atitudes e as palavras de seus companheiros despertaram-lhe um sentimento de mágoa e revolta. A semente da vingança começou a germinar.

A gota d'água foi um sábado à tarde quando ficou no banco de reserva. "Você entra no segundo tempo", alguém lhe disse!

Nesse momento, Aquiles tomou a decisão de vingar-se.

Primeiro passo: a escolha da **vítima**. Seria uma que simbolizasse a sua opressão. Sentado no chão (pois não havia banco nenhum), olhou o seu querido campinho e analisou detalhadamente os jogadores que estavam participando da partida.

Seria o Cascudo ou o Jacaré, os "cabeças" dos times? O primeiro era muito convencido. Enquadrava-se naquele personagem do humorista Chico Anísio, cujo bordão era: *"Vocês são os bons, mas eu simplesmente sou o máximo"*. O segundo tinha uma boca enorme: só berrava no campo. Xingava a cada vez que um companheiro perdia uma bola ou fazia um passe errado!

Poderia ser o Jorge Bronquinha, que vivia reclamando o tempo todo!

Quem sabe o Curió, fofoqueiro de marca maior?

Ou o Mario Fominha, que queria todas as jogadas para si?

Talvez o Zeca, que gostava de lhe dar trombadas apenas pelo prazer de vê-lo cair!

Havia uns dois a mais que poderiam ser "escolhidos"!

Aquiles pensou em pedir opinião aos seus amigos mais chegados: o Leo, vindo de Leópolis; o Tico-Tico, o sardento; e o Ti, humilde até no apelido.

Achou melhor escolher a vítima sozinho. A consulta poderia vazar e, quem sabe, até inviabilizar seu plano. Tomaria a decisão por si próprio, sem pressa.

Segundo passo: **a execução.**

A arma. Seu pai não possuía revólver. A opção seria arma branca. Não deveria chamar muita atenção. Encontrou, em casa, um canivete com 10 cm de lâmina. Calculou a profundidade do corte. Não deveria causar danos fatais. Então, escolheu uma faca da cozinha de sua mãe, afiada, com 4 cm de largura e com mais de 25 cm de comprimento. Duas facadas fariam um estrago fatal.

Terceiro passo: **o momento.**

Quando a vítima estivesse sozinha, próxima à linha lateral do campo, ele atacaria de surpresa, esfaquearia e sairia correndo para sua casa, onde seu pai lhe daria proteção. Ele era veloz. Ninguém o alcançaria!

Na noite anterior ao atentado, meditou profundamente. Leu, certa vez, que os mandatários da China Imperial assinavam uma sentença de morte apenas após longa reflexão. Aquiles pensou até a madrugada.

Quando saiu de casa, no sábado à tarde, com a faca fixada ao seu corpo por esparadrapo, já havia definido a sua vítima!

A oportunidade surgiu rápido. Aos 10 minutos do primeiro tempo, a vítima surgiu à sua frente, como havia planejado: sozinha e na linha lateral.

Aquiles sacou a sua arma, deu uma, duas, três facadas profundas, diante dos jogadores atônitos, causando danos fatais à sua vítima.

E... a bola ficou estraçalhada, espedaçada, sem nenhuma possibilidade de conserto.

Aquiles soltou um solene palavrão e acrescentou:

— Eu não jogo, mas vocês também não! E saiu em disparada para sua casa.

Concretizou a sua VINGANÇA!

A VISITA

O convite foi feito *pro forma*, mas foi aceito de imediato.

— Venham passar um fim de semana conosco — disse Maria para seu primo Everton.

— Não vamos atrapalhar?

— Não, de maneira alguma. Será um prazer — respondeu ela, sem o menor entusiasmo.

— Tudo bem. Vamos chegar sábado, cedo, e voltar domingo à tarde.

Ao desligar o telefone, Maria caiu em si. E agora? Arrumar cama e providenciar alimentação, nisso dava-se um jeito. O pior seria aguentar Tânia, a mulher do Everton. Nariz em pé, quase uma aristocrata de subúrbio. O primo gostava de contar vantagens e expor seus conhecimentos. Sabia tudo sobre todos os assuntos. A modéstia passava longe. "Vai ser um longo final de semana", pensou novamente a anfitriã.

Os primos tinham três filhos. A mocinha de 11 anos, Marta, era bonita, de cabelos e olhos castanhos, sempre com um sorriso nos lábios. Parecia-se com a mãe. Tinha fama de ser boa aluna, comportada, ao contrário de seus irmãos, os gêmeos, Pedro e Paulo, de nove anos. Eles eram morenos claros, com aparência que deixava muito a desejar, sem nenhuma maldade, semelhantes ao pai.

Maria recordou que, na última vez em visita, quase destruíram a casa, sob o olhar compassivo dos pais. Por isso, providência prioritária: guardar seus cristais e os vasos de porcelana chinesa.

Tinha mais ciúme deles do que do marido. Os garotos fatalmente gostariam de pegar com as mãos, e uma queda seria provável.

Como combinado, chegaram sábado pela manhã. Cumprimentos, beijinhos, notícias de outros parentes, levar a bagagem para os quartos.

Tiago, marido de Maria, estava acendendo o fogo. Escolheu a carne no capricho. Borboletinha magra, picanha macia de boi Angus, linguiça de puro pernil, além dos tradicionais pães de alho e queijo coalho — sem esquecer o arroz, a maionese e o pão francês. Sobremesa já pronta, na geladeira. Enfim, um almoço para ninguém botar defeito.

Os garotos fizeram o reconhecimento da casa, cômodo a cômodo, deslizando seus tênis no assoalho envernizado, fazendo manchas de todos os tipos.

Saíram para o quintal, que tinha parte gramada, parte cimentada. Avistaram o cachorrinho da família, que estava se espreguiçando ao sol. Era um bassê, pelo negro e lustroso, bem cuidado.

Começaram a acariciá-lo, alisando a pele e as orelhas. O animal, dócil, estava gostando. Em determinado momento, Pedro apertou sua boca. Paxá, esse era seu nome, conseguiu libertar-se e, num impulso de defesa, deu uma solene mordida na mão do Pedro. Gritos, choros, preocupação com vacinas. Tânia entrou em crise, quase surtou. Correram ao Pronto-Socorro. O ferimento foi pequeno, então, não foram necessários pontos, apenas desinfecções e curativos. Acharam a carteirinha de vacinas; tudo em ordem. Foi um alívio!

Ao regressarem, o churrasco estava pronto, servido em mesa ao ar livre. Tudo corria bem, até que aconteceu um fato inusitado. Paulo gritou para a mãe:

— Eu quero a linguiça que o Pedro comeu. Era maior e mais bonita do que a minha!

O pai falou:

— Olha, Paulo, a travessa na sua frente tem bastante linguiça. Escolha uma!

Pedro estava irredutível, teimoso:

— Não quero outra, quero aquela! — continuou repetindo, como um mantra.

O que fazer? Ninguém sabia. Gerou um mal-estar. Em determinado instante, Paulo saiu da mesa e, num momento de fúria, tirou o tênis e o jogou contra a parede. Depois, saiu correndo para o fundo do quintal e foi chutar um canteiro de flores.

Quando voltou, sua mãe notou um pequeno ponto escuro na parte superior do pé. Ele foi inchando, inchando, como a massa de um pão caseiro em processo de fermentação. Era uma pequena formiga tipo lava-pés que estava ativando um processo alérgico violento. Novamente, foram ao Pronto-Socorro.

Ao retornarem para a casa, os visitantes socaram as roupas nas malas e foram embora de imediato, com uma despedida seca para os anfitriões. Tânia, tão logo o carro virou a esquina, disse ao marido:

— Aqui não voltaremos nunca! — e realçou: — Nunca mais!

Quando o carro não estava mais ao alcance da vista, os anfitriões respiraram aliviados. À noite, entre as outras preces do dia, não se esqueceram de fazer uma oração de agradecimento à Nossa Senhora do Desterro.

AS COXAS

Não vamos falar sobre os coxas-brancas, os fanáticos torcedores do Coritiba Futebol Clube. São verdadeiros sofredores. Seu time está sempre tentando sobreviver na Série A do Campeonato Brasileiro, isso quando não está disputando a própria Série B. Torcedor fiel é assim mesmo: ele muda de cidade; muda de profissão e emprego; separa da mulher; emigra... mas não muda de time, mesmo quando atravessa uma má fase.

Desculpe-me, leitor. Pode parecer que, pelo fato de o "causo" ser curto, quis fazer um "enchimento", mas não se trata disso.

Na verdade, vamos falar de um par de coxas: tom de cobre, tostadas pelo calor abrasivo de dezembro, tão bonitas e consistentes que despertaram um dos sete pecados capitais.

Tudo começou com os preparativos para o almoço de Natal. Na família constituída por avó, dois filhos, duas filhas, genros, noras e 12 netos, cada qual queria que a comemoração fosse em sua respectiva casa.

A Nona falou:

— Meus filhos, gostaria que o Natal fosse nesta casa. O avô de vocês faleceu há dois anos, e esse pode ser o último Natal que passarei com vocês. Cada um traz um prato, e faremos a nossa confraternização aqui. Eu farei aquela macarronada que vocês tanto gostavam quando crianças.

Em família descendente de italianos, a vontade da matriarca dificilmente é contrariada, mas, dessa vez, uma das filhas levantou a questão:

— Mãe, a casa é pequena para acomodar 21 pessoas!

Verdade! A casa era antiga, porém, deu para criar os quatro filhos. Tinha três quartos, uma sala ampla, cozinha espaçosa, onde faziam as refeições, e um banheiro. O quintal era amplo, com três mangueiras, um limoeiro, dois pés de tangerinas e um pequeno canteiro de ervas aromáticas. Um detalhe: não havia quintal na frente da casa. Alinhada com a calçada em frente à rua, havia a janela do quarto do casal, e, ao lado, uma porta ampla, que dava acesso à loja de calçados, atividade na qual o avô trabalhou a vida toda. A entrada para a casa era feita por um corredor lateral.

A Nona retrucou:

— A gente se aperta. Faremos duas mesas. Uma, na sala, para os adultos; outra, na cozinha, para as "crianças". Tenho alguns banquinhos. Se faltarem algumas cadeiras, a Neide (a filha que mora ao lado), traz para nós. Afinal, é apenas um dia. Vamos de fato comemorar o nascimento de Jesus e não endeusar aquele velho ridículo, de barba branca, que ofende nossos ouvidos ao falar repetitivamente aquele horroroso HO-HO-HO.

Concordaram. No dia de Natal, as mesas já estavam arrumadas quando o pessoal começou a chegar, trazendo os pratos feitos em casa: lombo assado; tortas de palmito e frango; tênder; saladas; um peru todo enfeitado e mais alguns complementos. As bebidas e sobremesas estavam no balcão entre a mesa e janela.

Sempre existem alguns que não chegam no horário, por isso, a matriarca deixou para terminar a massa mais tarde, pois queria servi-la quente, quando todos estivessem presentes.

Nesse intervalo, os adultos ficaram conversando; e os jovens, circulando pela casa, tomando refrigerantes e de olho na mesa posta, conferindo o que iriam comer. Um deles falou: "Estou com fome". Outro disse "Eu também". Ouviram-se mais vozes dizendo a mesma coisa.

Finalmente, a família retardatária chegou. Minutos depois, a Nona trouxe, com o auxílio da Neide, duas enormes travessas com espaguete afogado em molho de tomate e uma porção generosa de queijo ralado.

Um dos genros, que é Ministro da Eucaristia, fez a oração do Natal. A Nona falou: — Que o Senhor abençoe a todos — e complementou: — Vamos almoçar.

Nesse instante, três primos pré-adolescentes dirigiram-se avidamente para o peru. Cada um queria uma coxa. Houve empurra-empurra, disputas, tentativa de tomar da mão do outro, quase chegaram às vias de fato. Óbvio: peru tem apenas duas coxas! O que fazer?

Não sei como resolveram a discórdia. Desconheço até que ponto esse episódio prejudicou o almoço de Natal. O certo é que um par de coxas, neste caso, um par de coxas de um peru, tal como descrevi no início deste "causo", despertou um dos pecados capitais: a GULA!

MARGARIDO

Meu amigo, não leia este conto. Ele é muito ruim. Não apenas ruim, péssimo, monótono, praticamente uma linha horizontal, sem emoções, sem um conhecimento novo, sem uma mensagem útil. Repetitivo, lembra, de certo modo, a composição de Tom Jobim, o "Samba de Uma Nota Só", que começa assim:

Eis aqui este sambinha feito numa nota só.
Outras notas vão entrar, mas a base é uma só.

Foi escrito apenas para matar o tempo, no período de confinamento social. Pior que isso, apenas ficar olhando para as paredes ou ouvir os noticiários de todos os canais de TV, dominados por notícias sobre o Coronavírus.

O nosso personagem é o Margarido Araújo Lobo. Seu nome foi dado pela mãe. Leitora assídua de desenho animado, sua personagem preferida era Margarida, a eterna namorada do Pato Donald.

Margarido quase morreu ao nascer. O parto foi normal, mas ele demorou a chorar. Estava ficando roxo; o médico, desesperado. Depois de uns intermináveis instantes e vários tapinhas nas costas, ele abriu o berreiro.

Não apresentou sequelas. Desenvolveu-se como uma criança normal, com uma exceção: ele não ria. Por mais que seus pais brincassem, até os 4 anos, seu rosto era fechado, sisudo. O sorriso apareceu em sua fisionomia ao redor do seu 5º aniversário. Aos 7, no primeiro dia de aula, aconteceu um fato que marcou a sua vida e traçou o seu destino. Após a apresentação e as boas-vindas aos pequenos alunos, a professora disse que iria fazer a chamada. Quando chamasse o nome de cada um, o aluno deveria levantar-se para que todos o conhecessem. Ao chamar Margarido, ele se identificou. De imediato, a classe caiu em gargalhadas, seguidas de comentários maldosos.

"É nome de flor!", "Isto não é nome de menino!", "Que nome ridículo!", "Que nome estranho que você tem!"... A gozação continuou na hora do recreio. Daquele dia em diante, passou a odiar, detestar, abominar o nome, aborrecer-se com ele, ter horror e aversão a ele. Cada vez que o ouvia, sua alma era ferida como se tivesse sido ultrapassada por uma espada flamejante.

No decorrer do tempo, o *bullying* (palavra desconhecida na época) foi se diluindo, mas a aversão continuou. Cada vez que ouvia o seu nome, ficava aborrecido. Detestava responder quando perguntavam seu nome. Sentia ódio ao dizer o seu nome em apresentação. Tinha aversão quando o chamavam em voz alta. Mas, o pior de tudo era quando diziam: "Não escutei direito seu nome. Poderia repetir?". Suas pernas balançavam. Suava frio. Queria morrer!

Uma pausa do autor. Não falei que era repetitivo? A música diz "Outras notas vão entrar. mas a base é uma só". Estamos na metade do drama. O pobre Margarido vai sofrer um pouco mais. Faltam ainda uma dúvida crucial e uma decisão catastrófica. Você ainda pode desistir da leitura. Quer continuar?

Para poupar os leitores da monotonia e amenizar o sofrimento de nosso personagem e sua ideia fixa, vamos pular etapas da sua vida.

Formou-se em Ciências Contábeis. Foi aprovado em concurso para funcionário público estadual.

A recepção dos colegas de trabalho foi cordial. Apresentou-se como Araújo. Por razões óbvias, Margarido, não. Sr. Lobo? Estranho, então, de jeito nenhum!

Preferiu uma mesa de fundo, onde menor era o contato com os colegas. Função: Análise de Processos de Sonegação Fiscal. Certa vez disse: por que se sonega tanto!

Tímido, acanhado, sua rotina resumia-se a casa-trabalho, trabalho-casa; a casa era um apartamento de dois quartos, financiado pela CEF, mobiliado modestamente. Tinha pouca intimidade com o pessoal do trabalho. Certo dia, aceitou um convite para tomar uma cerveja após o expediente. Em determinado momento, alguém o chamou de MARGARIDO. Foi o suficiente para voltarem à tona a angústia e o sofrimento reprimidos por muito tempo. Sentiu-se como se o chamassem de "FDP".

Pediu desculpas, alegando mal-estar, retirou-se e nunca mais saiu com o pessoal. Fechou-se em si. Quase um ermitão. Os colegas respeitaram seu comportamento. Apesar de tudo, era um excelente funcionário. Os processos que caíam em suas mãos dificilmente ficavam sem solução.

O tempo passou. Margarido continuou com sua rotina. Certo dia, chegou uma funcionária, transferida de outro departamento. Idade indefinida, uns 30-35 anos. Era morena clara, cabelos castanhos. Compensava a beleza com a simpatia. Apresentou-se como Zenóbia. Ocupou uma vaga ao lado do nosso personagem. Mão esquerda sem aliança. Como chamaria: senhora, moça? A dúvida se esclareceu quando ela disse que poderia chamá-la simplesmente pelo nome.

Com o decorrer do tempo, Zenóbia demonstrou-se tão triste e isolada como Margarido. Seus diálogos resumiam-se a "Bom dia!", "Até amanhã!", "Por favor, empreste-me um lápis" etc. A convivência, no decorrer dos dias, entretanto, favorece uma conversa mais informal.

Certa sexta-feira, fim de expediente, tarde fria, úmida, com neblina, Zenóbia, menos tímida, convidou-o de uma maneira muito afetiva:

— MARGARIDO, vamos tomar um chope e comer uma pizza?

Foi o suficiente para virem à tona o ressentimento e a amargura que estavam hibernados. A faísca gerou uma explosão. Controlando-se muito, agradeceu, dizendo que tinha outro compromisso.

Zenóbia demonstrava por ele certa simpatia. A recíproca era verdadeira. Passou o fim de semana atormentado. A tensão causou dor física. Sentiu a alma esmagada. Não só esmagada, triturada, esquartejada. Uma dúvida: o que fazer na segunda-feira?

Tomou uma decisão de que iria arrepender-se pelo resto da vida. Voltou à sua rotina árida e cinzenta. Pediu transferência.

Nikolai Gogol, em seu livro *Almas Mortas*, descreve minuciosamente o nosso personagem.

Vejam a fatalidade: um detalhe pequeno, ínfimo, insignificante, irrisório, irrelevante, sem importância (ufa!), ocorrido há décadas, prejudicou sua existência. Criou um sofrimento dantesco sem necessidade e sacrificou sua felicidade, a troco de nada. E poderia ter sacrificado também a felicidade da Zenóbia. Quem sabe?!

Psique, a mitológica deusa da alma, às vezes é extremamente cruel.

O ABACAXI

Os nossos personagens serão simplesmente denominados *ela* e *ele*. Nestes tempos de confinamento (mais de 90 dias), a identidade vai-se perdendo, vira-se fantasma e pouco mais: quase um zumbi.

Segunda-feira é o dia de encomendar frutas e verduras. O fornecedor é a Quitanda Lisboeta. Curiosidade: o proprietário é descendente de poloneses. Dá para entender? Enfim, os produtos são bons; e o peso, honesto.

A lista desta semana é quase igual à anterior, mas há uma surpresa: aumento de 10% no valor. Procurou-se saber o motivo, pois quase todos os produtos no mercado estão com os preços em baixa. O quitandeiro, entretanto, foi sincero:

— Diminuiu o consumo. Eu trabalho com produtos perecíveis. As perdas são grandes. Tenho que socializar o prejuízo, não é? Famoso ditado: explica, mas não justifica!

Enfim, fizeram o pedido. Uma hora depois, o motoboy estava na porta do edifício. Ao entregar os pacotes, ele falou, constrangido:

— Senhor, comecei a trabalhar hoje. Esqueci de trazer o abacaxi, e, infelizmente, quebrou o pacote de ovos.

— Não se preocupe. Volte para buscar o abacaxi e traga-me os ovos. Diga ao Sr. Ladislau que quero mais uma caixinha. — E entregou-lhe uma nota de R$ 10, valor pouco acima do produto.

Ao retornar, o porteiro do edifício recebeu as encomendas e as colocou no elevador.

Ao abrir a porta, ele teve um choque: a embalagem estava rompida, e o abacaxi estava diretamente sobre o tapete do elevador, um fato inconcebível na prevenção do Coronavírus.

Ela tem o hábito de esborrifar álcool 70% em todas as frutas que entram em sua casa. Nem a banana escapa. Entretanto, como o abacaxi chegou por último, ficou esquecido da operação.

Ele, desconhecendo esse detalhe, colocou-o sobre uma mesa. O abacaxi era grande, cerca de três quilos, variedade Havaí, maturação uniforme, coroa pequena, fuso volumoso. Ao primeiro corte, experimentou um pequeno pedaço. Era doce, bem doce. Em resumo, um produto especial. Escolheu uma faca bem afiada. Retirou toda a casca grossa, repassou as sobras que ficaram, eliminou os "olhos". Deixou a coroa para servir de apoio ao fatiar.

O plano era consumir *in natura*, após o jantar. Entretanto, ela mudou de ideia:

— O abacaxi não foi devidamente esterilizado. Devemos fazer uma calda! O elevador é usado por muitas pessoas, afinal, o edifício tem 18 andares, 72 apartamentos. O piso poderia conter o Coronavírus e nos contaminar. Fervido, não haverá riscos!

Ele argumentou que o produto natural é mais saudável, mantém as vitaminas que poderiam ser destruídas pelo calor, além de ser mais saboroso. Ela, entretanto, estava irredutível.

Surgiu, no mesmo instante, outra dúvida. Seria usado adoçante ou açúcar? Ele, diabético, claro que optou por adoçante. Estava irredutível! Ela sugeriu usar açúcar e bateu o pé! O adoçante deixa um gosto horrível, complementou.

A conversa foi longe. Tempo é o que mais se tem, em época de confinamento, e a convivência isolada leva os pequenos problemas a grandes discussões. Às vezes, são calmas; às vezes, exaltadas. Não chegaram a um acordo. Como resolveriam?

Sabe aquele filme a que a gente assiste com atenção para ver como termina, e o diretor deixa o final vago, indefinido, sem ficar claro o que acontece com a história?

De modo idêntico, meu amigo, qual a sua opinião sobre a decisão que o casal deveria tomar para resolver esse impasse?

1 – Consumir *in natura*.
2 – Fazer a calda com adoçante.
3 – Fazer a calda com açúcar.
4 – Mandar o abacaxi para o porteiro (Discórdia pacífica!).
5 – Jogar na lata de lixo (Discórdia raivosa!).
6 – Sem opinião (Esse conto ridículo não merece resposta alguma!).

Lamento não ter um canal para o retorno de sua opinião. Seria muito importante! A minha intuição é que a opção 6 ganharia por longa vantagem.

O BAR

João considerava-se um homem vitorioso. Adquiriu uma fazenda no município de Cedro Rosa, centro-norte do estado, ao sul do Paralelo 24. Até o fim dos anos 1960, era uma região abandonada, constituída por solo de baixa fertilidade natural. A vegetação era típica de terra pobre e ácida: samambaia, capim-barba-de-bode, vassourinha, grama missioneira, taquara e até um pedaço de cerrado, uma das últimas áreas desse bioma mais ao sul do país.

Domou a terra bruta. Com o auxílio de duas rochas moídas (calcário e fosfato natural); de financiamentos bancários; da retaguarda da cooperativa recém-instalada; e devido ao seu trabalho árduo, tornou a sua fazenda produtiva em três anos. No quarto ano, comprou a fazenda vizinha que estava semiabandonada.

Cedro Rosa, entretanto, era uma cidade pequena. Todo o comércio dependia da cidade de Canjarana, localizada a 30 quilômetros de distância, o que exigia várias idas por semana, pelos mais diversos motivos: compra de peças para maquinários; solda de eixo que quebrou; pneus estourados por troncos de raízes; pedido de óleo diesel; buscas de sementes; fertilizantes; defensivo para combater um inseto que surgiu repentinamente na lavoura... Enfim, motivos não faltavam. Isso sem contar a parte administrativa: movimentações bancárias, visita à cooperativa e a repartições públicas etc.

Tinha o hábito de tomar uma cerveja antes de voltar para casa. Havia vários bares próximo aos locais em que ele desempenhava o seu trabalho, mas ele preferiu aquele situado quase no fim da cidade. Na parede do bar, voltada para quem estava saindo de Canjarana, estava escrito, em letras enormes: "Último Gole". Para quem estava entrando, na parede oposta, os dizeres eram "Primeiro Gole".

O bar nada tinha de especial. Havia duas prateleiras para bebidas de litros, duas geladeiras para cerveja e refrigerantes, um balcão para atender o pessoal, sobre o qual havia uma estufa para salgadinhos e um armário para petiscos industrializados. Além disso, havia apenas três mesas, com quatro cadeiras cada, todas de plástico. Adriano, o proprietário, era simpático e gostava de atender bem o pessoal.

João tornou-se cliente assíduo. Daí para a amizade, foi apenas um passo.

No decorrer do tempo, as coisas mudaram. Adriano vendeu o bar e abriu outro, no centro da cidade, denominado Debora's Bar, em homenagem ao nome de sua mulher. O estilo era o mesmo, apenas o espaço era um pouco maior e com sanitários mais decentes.

João acompanhou o proprietário. Continuou fiel ao bar.

Cansado de tantas idas e vindas, em relação a Cedro Rosa, João resolveu instalar um escritório em Canjarana. Afinal, os negócios estavam prosperando, e ele precisava de um espaço para atender os amigos e desenvolver as suas atividades empresariais. Procurou um imóvel e o encontrou a meia quadra do bar do Adriano. João cuidava da comercialização, de compras de insumos, financiamentos e atividades correlatas. Seu irmão, Francisco, ficou encarregado dos trabalhos na fazenda.

Com o bar nas proximidades, João dizia que "A cerveja da tarde era imperdível". Tinha conta aberta, a qual acertava todo fim de mês. Era no Debora's Bar que comemorava os bons negócios, fosse com compradores, fosse com vendedores.

Com o passar do tempo, João foi ficando quase inativo, devido à falta de exercícios. Seu maior esforço era bar-escritório e vice-versa. Engordou. Seus pés incharam tal qual uma massa de pão caseiro em processo de fermentação. Não usava mais sapatos, apenas sandálias "Havaianas". O bar ganhava importância em sua vida.

Certo dia, em conversa informal, Adriano disse:

— Vou mudar para o litoral. Quero mudar de ares. Estou vendendo o bar. Sabe de algum interessado?

João foi pego de surpresa. Afinal de contas, o bar fazia parte de sua existência. Não lhe pertencia, mas tinha tanta intimidade com ele que era como se assim fosse.

Passou a noite pensando: o provável comprador poderia mudar de atividade? E se continuasse como bar, ele teria a mesma liberdade?

Uma semana depois, tomou uma decisão. Vou comprar o bar! Procurou o Adriano para dar o preço. Pechincharam no valor. Propostas e contrapropostas. Depois de longas conversas, acertaram o valor, com o pagamento feito metade à vista e metade na colheita de soja.

O negócio foi fechado de "porteira fechada", como se diz, incluindo o nome. Adriano ficou com o direito de retirar os refrigerantes.

João estava realizado. Tinha um bar apenas para si! A maioria das pessoas tinha um barzinho em casa. Ele tinha um bar em uma das ruas mais importante da cidade! Em 30 dias, Adriano mudou-se. Deixou, no bar, um funcionário que conhecia tudo do ramo.

No início, tudo continuava como antes: a cerveja da tarde, os encontros de negócios.

A partir de certo tempo, João foi desenvolvendo uma obsessão pelo bar, uma obsessão quase doentia. Queria-o apenas para si. Não renovou os estoques de bebidas. Passou a ser o único "freguês". Gradativamente, foi consumindo o bar, garrafa a garrafa. Depois de algum tempo, nada restou, salvo alguns litros de bebidas amargas, cobertos por poeiras ou teias de aranhas. Fechou o bar. Chorou. Foi um dos dias mais tristes de sua vida.

Faleceu pouco depois. A autopsia indicou cirrose hepática. Um grande amigo falou: "Quem sou eu para discordar do médico legista? Mas, em minha modesta opinião, na verdade, ele morreu de tristeza e saudades do bar!"

Informações complementares:

Em Campo Mourão, existe a Estação Ecológica do Cerrado. É pequena, na verdade, mas de grande serventia como banco de sementes e, também, para recordar a cobertura nativa anterior ao advento da mecanização. Vale a pena visitá-la.

Paralelo 24: linha imaginária que separava o Estado do Paraná em áreas destinadas à cultura de café. Ao norte, mais quente, o plantio era recomendado. Ao sul, mais frio, não era indicado, devido ao maior risco de geadas.

O BOLO

Faltavam três dias para o Natal. A quermesse prometia! Destinava-se a obter recursos para terminar a construção da Igreja de Nossa Senhora Aparecida, padroeira da pequena cidade de Jacarandá, situada em um canto do Estado onde não termina o norte nem começa o centro-sul.

Às 19 horas, a cidade já estava movimentada — movimento que aumentou muito após o término da Missa.

As crianças brincavam no pátio das festas, como era denominado. As moças e os rapazes andavam ao redor da praça, onde havia cerca de 15 árvores de jacarandás, planta da qual se originou o nome da cidade. Apesar da florada iniciar-se em meados de setembro; em fins de dezembro, ainda era possível serem vistos os cachos de cor violeta intensa que começavam a cair, formando um verdadeiro tapete.

Sobre esse presente da natureza, os jovens passeavam sem pressa. Um detalhe: as moças todas andavam no sentido horário; os rapazes, no sentido anti-horário. Os noivos ou namorados deviam adotar o sentido das jovens.

O serviço de alto-falante animava o ambiente, dando avisos, tocando músicas, fazendo propagandas, enviando mensagens as mais diversas, ou mesmo músicas dedicadas com palavras de afeto e carinho.

Entretanto, a alma da quermesse era o salão de festas, se assim se poderia chamá-lo. Era uma construção rústica de madeira, fechada em três lados. Na frente, uma treliça de mata-junta, à meia altura, com duas aberturas, nos cantos, para acesso dos participantes. O espaço era amplo, piso de concreto, mesas simples, cobertas com papel kraft. À medida que o tempo passava, o salão ia sendo ocupado, até ficar cheio.

Na extremidade à direita, havia um anexo no qual funcionava o bar. Servia apenas refrigerantes e cervejas. Bebidas de alto teor alcoólico eram proibidas. A cozinha, ao lado, preparava os salgadinhos: pastéis, coxinhas, empadas, quibes. A procura era grande. O pessoal trabalhava sem cessar.

Os assados, frangos e os quartos de leitoas eram leiloados e poderiam ser levados para casa ou consumidos no local. Nesse caso, forneciam-se pratos e talheres. Pães e salada de batata enfeitada com salsinha eram pagos à parte.

O leiloeiro, chamado Valdir, começou a vender o seu "peixe". O homem era bom no ramo!

— Olhem este belíssimo pernil! Magro, pura carne, pururuca... Quem dá o lance inicial?

— Vejam este frango, douradinho, ao ponto. Recheado com farofa de primeira. Quem começa?

— Temos, agora, uma panela de pressão doada pela Sra. Rosa. Cozinha rapidamente até pedaços de pescoço de boi carreiro. Quem arrisca levá-la para casa? Antes, um recado: "Em breve, será leiloado um magnífico bolo". Aguardem!

A cada grupo de quatro ou cinco arremates, ele lembrava:

— O bolo foi doação da Sra. Terezinha, confeiteira famosa em toda a região! Sabor inigualável, coisa fina!

Mais uma rodada de leilões, mais uma nova mensagem.

— O bolo foi feito com a mais pura farinha e coberto com cerejas em calda, cerejas tão grandes que parecem pêssegos. Vocês não podem perder!

E assim, intercalando leilões de assados e prendas doadas pela comunidade, ele dava o seu recado:

— O recheio é divino. Não vou dizer! Vocês precisam dar asas à imaginação!

Quase no final do leilão, ele exagerou:

— Um bolo desses vocês não encontram na Confeitaria das Famílias, em Curitiba, ou na Casa Mathilde, em São Paulo, e nem na Confeitaria Colombo, no Rio! — Ele estava a par desses nomes, pois havia lido isso na coluna de curiosidades do *Almanaque Biotônico Fontoura*.

Pouco depois, Valdir apareceu com o tão falado bolo. Era circular, com duas camadas (a de cima, levemente menor que a inferior), totalmente branco, com as tão elogiadas cerejas, porém de tamanho normal, circundadas por ramos de glacê verde. Simples, mas muito bonito.

— Quem abre o lance? — gritou. — Este bonito bolo pesa mais de seis quilos. Serve mais do que 30 pessoas! Quase não consigo carregar sozinho!

Não se sabe se foi pela aparência do bolo, pela confeiteira ou pelas chamadas do leiloeiro, mas a verdade é que os lances foram subindo, sucessivamente, até que a disputa ficou entre dois amigos, Joaquim, casado com Ana, e José, casado com Maria. Não apenas eles queriam o bolo: as mulheres também. Ninguém queria perdê-lo. Mas o valor estava muito alto. Em determinado momento, Valdir foi ao bar tomar um copo de água. Estava com a garganta seca. Nesse instante, José teve uma ideia. Sussurrou para o amigo Joaquim, que estava em mesa ao lado:

— O último lance é seu. Você arremata, e nós dividimos tudo. O outro simplesmente fez um gesto de concordância.

O leiloeiro voltou à toda voz:

— Quem dá mais?

Passou em frente a José, que fez de conta nada ouvir.

— Quem dá mais? — repetiu. Silêncio.

— Dou-lhe uma, dou-lhe duas, dou-lhe três. Arrematado pelo Sr. Joaquim!

Ao dirigir-se para entregar o bolo, aconteceu o imprevisto. Dois cachorros, enxotados do bar, passaram correndo em frente ao Valdir. Ele perdeu o equilíbrio, e o bolo despedaçou-se no chão. Todos ficaram mudos, decepcionados, com ar de espanto. Não acreditavam no que estavam vendo.

José recuperou-se mais rápido.

— São coisa da vida. Pior se fosse um acidente de carro. Vamos tomar a "última" e voltar para casa.

Joaquim retrucou:

— Eu pago a última, você paga a penúltima.

Enquanto tomavam as "penúltimas", a conversa corria solta, com muita camaradagem, intercalando as "qualidades" de cada um:

— Pé- frio; agourento; o animal que você fixa os olhos fica doente; seu olhar seca até pé de cacto etc.

Ao saírem, racharam o valor do lance:

— Perdemos o bolo, mas a quermesse não pode perder — disse um deles.

Fim da história? Não! O Natal é um momento mágico. Sempre reserva alguma surpresa.

Na véspera, Ana e Maria receberam, em suas respectivas casas, um bolo idêntico, (um pouco menor, é verdade), com os seguintes dizeres:

FELIZ NATAL!
Abaixo simplesmente a letra T.

O BOSQUE

Na cidade de Curitiba de Nossa Senhora da Luz dos Pinhais, existe um cantinho que não é meu, mas considero como se assim o fosse. É pequeno, não tem mais de 200 m². Está encravado dentro do terreno maior de um prédio comercial.

Sua forma é a de um triângulo irregular. A divisa leste é um muro de alvenaria; a face sul, um muro coberto por hera; o lado norte, uma murada baixinha na qual é difícil se sentar. O seu lado oeste localiza-se no final da rua Petit Carneiro, no encontro com a Avenida Água Verde. Não possui nem banco nem flores. O gramado, que ocupa mais da metade da área, é maltratado, seco, com ervas daninhas. Não chama a atenção de ninguém.

Os motoristas dirigem em alta velocidade, nem lançam a ele um canto de olhar. Os transeuntes, absortos em seus problemas, não desgrudam do celular e passam em sua frente como se o lugar não existisse.

Talvez seja eu um dos poucos admiradores. Passo ao lado, várias vezes por semana, seja para fazer compras, na casa de carnes localizada nas proximidades, seja para ir à feira das quartas, ou até mesmo para um passeio sem rumo, a fim de aproveitar o sol da manhã.

Outras pessoas que o frequentam são apenas o guardador de carros, que trabalha de segunda a sexta, e uma senhora que vem, aos sábados, pedir auxílio para os seus dois filhos.

Esse bosque, especial para mim, tem apenas seis árvores, as quais, em conjunto, parecem uma obra de arte: um quadro enorme de um pintor famoso, ou uma paisagem saída de uma prancheta de Burle Marx.

Quais são essas árvores?

Elas são um jovem pé de cedro; uma araucária ainda em forma de cone, sem a sua copa tradicional; um jacarandá, com as suas flores violetas; e uma árvore cujo nome desconheço (assemelha-se à sibipiruna). Essa é enorme, frondosa, e projeta seus galhos sobre as duas ruas. E, para completar, há os dois plátanos, os meus preferidos.

Os plátanos têm características próprias. Suas folhas mudam de forma e coloração durante o ano. Essas alterações devem-se à ocorrência de fito-hormônios, que são ativados de acordo com o número de horas de sol que as plantas recebem e conforme a temperatura do ambiente.

No momento em que escrevo, é fim de verão. A partir de 20 de março, início do outono, suas folhas começam a se desprender das árvores, a partir da parte superior para a inferior. À medida que passam os dias, as folhas apresentam uma explosão de cores: o verde, que passa para o amarelo; o amarelo, para o vermelho; o vermelho, para o castanho; o castanho, para o marrom. Essa transformação ocorre em ritmos diferentes, permitindo, assim, que os plátanos apresentem simultaneamente todas as nuances. Não dá para descrever essa beleza. É preciso ver.

Entre 15 de junho e o dia de São João, no fim do outono, não há uma única folha. Todas caíram.

Encerra-se um processo vital para a planta. Do ponto de vista biológico, essa dança de cores nada mais é do que transferência dos nutrientes das folhas para o caule e os galhos. Quanto mais escura, mais alimentos já se transferiram, até morrerem, quando nada mais há. Toda a reserva de alimentos fica armazenada no tronco e nos galhos durante o inverno, e explode, na forma de novas folhas, na primavera.

Essas folhas, pequenas e pálidas, vão crescendo lentamente. No início do verão, já estão grandes, de tom verde-escuro, indicativo de que já acumularam alimento suficiente. E, gradativamente, a partir do início do outono, recomeça o processo vital.

Admiro esse bosque não só por sua beleza. Admiro também pelas mudanças que ocorrem durante o ano. Não há duas semanas iguais. Cada qual tem a sua atração diferente. Vejo o decorrer do ano simplesmente observando as mutações das folhas, de acordo com a sequência das estações.

Podemos fazer uma analogia com as nossas vidas. Cada estação representa um estágio de nossa existência. No fim do outono, quando cair a última folha, tudo termina!

O BURRO

O burro origina-se de uma família nada convencional: sua mãe é a égua; seu pai, o jumento; e a sua irmã, a mula.

Não é um animal bonito. Assemelha-se mais ao pai. Tem pernas curtas e musculosas; cara ligeiramente desproporcional ao corpo e ao pescoço; orelhas finas e compridas, das quais se originou a palavra "orelhudo" para indicar alguém desprovido de inteligência. Em seu dorso, adapta-se perfeitamente um cargueiro, com dois balaios ou bolsas, com capacidade de duas arrobas cada. Seus cascos são duros, o que permite andar em terreno pedregoso. Consegue carregar 60 kg, nos lugares mais adversos, em longas caminhadas. Vem daí o termo "burro de carga" para denominar a pessoa que trabalha acima de sua capacidade, ou até quem acumula funções de outros.

Os entendidos dizem que o burro trabalha muito, come pouco e não reclama.

Sua cor predominante é a cinza, em suas várias nuances. Na verdade, é a famosa "cor de burro quando foge".

O burro, que é sinônimo de idiota ou imbecil para denominar pessoas, é, na verdade, um animal muito inteligente. Ele sabe o seu trabalho, mas não gosta de ser contrariado. Às vezes, é genioso e empaca. Não há quem o tire do lugar. Daí a expressão "teimoso como um burro (ou mula)" para designar uma pessoa intransigente.

O burro geralmente é dócil, mas não gosta de ser maltratado. O seu coice, para o algoz, é forte, podendo, em certos casos, quebrar a perna de quem o maltrata.

Com o advento da mecanização, o burro foi perdendo a sua importância nos trabalhos do campo e nos transportes das mais diferentes mercadorias.

Hoje, é uma espécie quase em extinção, salvo por criadores que têm paixão pelo animal. Burros e mulas, se bem tratados e bem alimentados, não andam: desfilam com elegância, em passos cadenciados. Ao trotear, suas patas emitem um som quase musical!

Tenho uma admiração pelo burro. No meu escritório, há quatro peças de cerâmica, as quais comprei em viagens ao Nordeste, que representam cenas típicas do sertão nordestino: transporte de água, lenha, milho verde e ferramentas agrícolas. Tenho também uma que ganhei da minha neta, ao retornar da Colômbia. Essa é a minha a preferida. Em seu dorso, há duas cestas carregadas de pedras verdes, simbolizando a esmeralda.

No início do ano, quis aumentar a minha "grande" coleção. Fui à feira do Largo da Ordem. Andei, barraca por barraca, e não encontrei nada que representasse o burro, nem mesmo uma pintura. Percorri as lojas de suvenir ao redor e, também, as lojas situadas no início de Mateus Leme, sem êxito. Em compensação, encontrei peças de toda a fauna africana e brasileira... até ETs!

Na semana seguinte, aventurei-me em Santa Felicidade. Bati perna em toda a extensão da rua principal, desde o Restaurante Siciliano até a Igreja Matriz. Fui de um lado, voltei por outro, loja por loja. Nenhum sinal do burro: nem uma gravura, nem um quadro.

Uma única balconista disse-me que a sua loja estava para receber, em breve, alguma coisa parecida. Deixei meu cartão. Não houve retorno. Telefonei várias vezes. A resposta era sempre a mesma: o fornecedor não deu notícias. Desisti!

Cheguei à conclusão de que o burro não está com nada. Talvez eu seja, nessa cidade de Curitiba de Nossa Senhora da Luz dos Pinhais, a única pessoa a ter simpatia pelo animal. Estou com ele e não abro!

Algumas considerações devem ser feitas sobre burro e a sua contribuição para a formação e o desenvolvimento do Estado do Paraná.

Em meados do século XVII e metade do século XVIII, em Sorocaba/SP, havia a maior feira de animais do país. Cavalos e burros destinavam-se ao trabalho na extração de ouro, em Minas Gerais; na extração de pedras preciosas, em Goiás; no abastecimento de produtos para as vendas esparramadas por todo o interior, tais como sal, pólvora, ferramentas agrícolas, óleos, tecidos, utensílios domésticos e outros.

Era utilizado também no transporte de produtos de exportação, para os portos, e de produtos importados, para os centros consumidores. Enfim, todo o comércio dependia dos animais. Naquela época, eram os "caminhões" que movimentavam a economia.

A maioria dos animais destinados à feira procedia da região missioneira do Rio Grande do Sul. Consequentemente, tinham que atravessar o Estado do Paraná.

A tropa viajava cerca de 30 a 35 km por dia. Cada ponto de parada, para descanso e alimentação dos animais, tornou-se o embrião de uma nova cidade. Assim, nasceram e se desenvolveram as cidades de Rio Negro (na divisa com Santa Catarina), Lapa, Palmeira, Ponta Grossa, Castro, Piraí do Sul, Jaguariaíva e Sengés, essa última, próximo à divisa com o Estado de São Paulo.

Esse movimento levou à interiorização do Paraná, até então concentrado em Curitiba e Paranaguá.

Outro fator de desenvolvimento do Estado foi a construção de duas estradas, no século XIX. A mais importante foi a Estrada da Graciosa, ligando a capital ao porto.

A segunda, também de grande projeção, foi a Estrada do Cerne, entre Curitiba e Piraí do Sul, a partir da qual se tornaria possível o acesso ao Norte do Estado e ao Estado de São Paulo. Ambas apresentaram enormes desafios em suas construções, pois tiveram de vencer longos trechos de serras e montanhas.

As duas foram construídas com dinamites, marretas, picaretas, pás e... o lombo dos BURROS.

O Estado do Paraná está devendo um monumento em sua homenagem!

O CLIENTE

A Barbearia Silva localizava-se em uma travessa entre duas avenidas da cidade. Fica em um prédio horizontal antigo, ao lado de uma loja de roupas para crianças e de uma banca de revistas.

Suas instalações eram modestas: duas cadeiras profissionais; três cadeiras nas quais os fregueses aguardavam para serem atendidos; um armário em cima do qual havia uma TV de 32 polegadas; além de revistas de "anos" atrás; um armário menor sobre o qual havia uma garrafa de café, xícaras e copos descartáveis; e um minibar. Ao fundo, uma pia para molhar o cabelo antes do corte, um cabide de três hastes para colocar agasalhos e um pequeno banheiro, simples, mas limpo. Chão varrido com frequência, sem cabelos no piso. Decoração espartana: uma caricatura do dono, no tempo de sua juventude, uma foto de sua cidade natal e uma gaiola com um canário de canto triste.

Na fachada, acima da porta de vidro, havia uma placa, desbotada pelo tempo, com os dizeres: Barbearia Silva. Alguns amigos sugeriam frequentemente para ele trocá-la por uma luminosa, nova, com a denominação de Silva's Cabeleireiros.

Todas as vezes, a mesma resposta:

— Não! Sou barbeiro por longos 30 anos. Além do mais não são "cabeleireiros". Trabalho sozinho. O antigo profissional pediu demissão, foi trabalhar em um salão unissex no centro, especializado em cortes de mau gosto e em barbas com retoques exagerados.

Seus frequentadores eram, na maioria, clientes de longa data, daqueles que se sentavam na cadeira e não precisavam dizer nada. Silva já sabia o que fazer. Alguns até brincavam: "Só mudo de barbeiro quando você morrer".

Seu trabalho concentrava-se no início do mês e aos sábados. No meio da semana, era tranquilo.

Certa quarta-feira, Silva estava descontraído, assistindo a um programa de televisão, quando ouviu uma voz vinda da entrada da barbearia:

— O senhor está disponível?

Silva virou o rosto e viu um homem alto, claro, entre 35 e 40 anos, vestindo uma camisa branca e uma calça azul escura. A roupa estava amassada, mas limpa. Calçava um tênis de marca. Tinha boa aparência, salvo o cabelo comprido e a barba por fazer. Estava acompanhado de dois garotos com idades entre de 10 e 12 anos. Nunca os tinha visto na região.

— Sim estou. Entrem, por favor!

— Meu nome é Jonas. Gostaria de cortar o cabelo, fazer a barba e aparar o bigode.

— Sente-se. Já começamos.

Silva colocou sobre o visitante uma toalha limpa, e foi trabalhando conforme a orientação que Jonas dava. "Corta um pouco mais aqui, deixa mais alto lá, diminua a costeleta". Salvo essas recomendações, Jonas conversava pouco. Respondia por monossílabos. Silva não estranhou. Há clientes que falam o tempo todo, outros entram mudos e saem calados. Silva, entretanto, considerou o homem educado e de boas maneiras. Caprichou no corte. Deu vários retoques com a tesoura dentada. Deslizou a navalha para terminar o serviço.

A mesma atenção deu à barba. Usou espuma importada, reservada apenas para os fregueses especiais. Pegou lâmina nova. Aparou o bigode, que ficou perfeitamente simétrico. Fez o melhor do seu trabalho, afinal Jonas poderia tornar-se um novo cliente.

Quando terminou, Jonas, olhando no espelho, falou:

— Parabéns! O senhor é um barbeiro de mão cheia!

Silva sentiu-se elogiado. Pensou consigo: "Dei o melhor de mim, mas valeu a pena. Daqui a 30 dias, ele estará de volta!".

Jonas tomou um cafezinho, com pressa, e falou:

— Vou até o bar da esquina comprar um maço de cigarros para mim e trazer umas "vinas" e duas garrafinhas de gengibirra para os "piás". Volto rapidamente. O senhor poderia cortar o cabelo dos garotos, aqueles cortes incrementados, que a "piazada" gosta?

— Pois não! Quem é o primeiro?

Silva cortou o primeiro, e o Jonas não retornou. Cortou o segundo, e nada do Jonas aparecer. Começou a ficar preocupado.

— Seu pai está demorando! — exclamou Silva.

— Ele não é nosso pai!

— É seu tio?

— Não!

— É algum conhecido da família?

— Também não. Nós não o conhecíamos — disse o mais velho. — Encontramos com ele na rua, e ele se ofereceu para nos pagar um corte moderno. Mas deu um recado: "O barbeiro não gosta de conversa quando está trabalhando. Vocês fiquem quietos. Não abram a boca!".

Silva espumou de raiva. Nunca tinha visto um golpe desse tipo. Caiu como um pato manco.

— Se achar esse desgraçado, vou cortar a sua orelha! A orelha é pouco! Vou cortar seus testículos! Não é pelo valor, mas por me fazer de idiota!

A essa hora, Jonas já estava longe. Passar novamente em frente a Barbearia Silva, jamais!

Silva nada sabia sobre o tal "Jonas". Apenas tinha certeza de que o nome deveria ser falso e ele era curitibano. Em que outra cidade se usa os termos "vina", "piá", "piazada" e "gengibirra"?

A única coisa que restava a fazer era telefonar para o pai vir buscar os "piás"!

Silva, que já conversa pelos cotovelos, terá um caso a mais para contar aos seus fregueses.

O GALO

Herculano Pereira estava terminando de tomar o café da manhã, quando ouviu vozes e barulhos de ferramentas no terreno ao lado. Estranhou, porque a casa estava vazia há meses. Teve que adiar a sua curiosidade para outra hora; precisava correr para não chegar atrasado ao trabalho.

Ao retornar, à tarde, notou que a placa de "Vende-se" havia sido retirada. O portão estava aberto. Bateu palmas; ninguém atendeu. Dirigiu-se, então, para o fundo do quintal. Ao lado de uma laranjeira, viu uma construção rústica, de, mais ou menos, 6 m², feita com quatro estacas de eucaliptos com cerca de três metros de altura, coberta com Eternit, e o piso, metade cimentado, metade em terra nua. No seu interior, não havia nada, salvo três travessas de madeira roliças, colocadas em níveis diferentes, em diagonal, fixadas nas colunas de sustentação. Surgiu a dúvida: qual seria a finalidade?

Dias depois, chegou o novo proprietário com sua mudança. Na tarde seguinte, Herculano e sua mulher, Sofia, foram dar-lhe as boas-vindas. Os novos vizinhos se apresentaram como Valter de Souza e Solange; tinham dois filhos, um garoto de 8 anos e uma menina de 5. Valter contou que trabalhava no ramo de embalagens. Sua loja ficava no centro, próximo ao apartamento onde moravam até então.

—Optei por morar no sossego do subúrbio, em uma rua tranquila como essa! — disse.

Logo após fez um convite:

— Querem conhecer o animal de estimação da minha filha?

Ao caminhar em direção ao fundo do quintal, Herculano notou que, na construção, foi incluída, ao seu redor, uma tela de arame, além de suportes, na parte superior, possivelmente para colocar algum tipo de cortina. Ao vê-la, deduziu, de imediato, que se tratava de uma imensa gaiola.

— Esse é o Max, o bichinho de estimação da minha filha, Larissa. É um galo da raça New Hampshire — disse Valter.

Herculano olhou detalhadamente para o animal: as penas eram volumosas, de cor laranja-clara, ao redor do pescoço, e, gradativamente, iam se tornando avermelhadas, à medida que desciam, no sentido do peito e das asas. A cauda era volumosa, imponente, quase negra. A crista era grande, em tom vermelho forte, e tinha uma forma sinuosa. Pouco abaixo da cabeça, saíam duas barbelas que pareciam um par de brincos. Seu porte era altivo e elegante. Realmente um galo muito bonito!

Os dois casais se despediram, colocando-se reciprocamente à disposição um do outro. A simpatia pelo galo durou pouco. Na madrugada seguinte, ao raiar do sol, Herculano foi acordado pelo forte canto do galo, que repetiu três vezes o tradicional "cocorocó". Olhou o relógio. Não eram ainda seis horas. Perdeu hora e meia de sono. Ficou irritado.

A "melodia" repetiu-se nos dias seguintes. Herculano estava cada vez mais irritado. Uma tarde, quando Valter voltava do trabalho, Herculano resolveu conversar.

— Boa tarde, Valter. Tudo bem? Estou com um problema. O canto do seu galo me acorda muito cedo. Está prejudicando o meu ritmo de vida. O que você poderia fazer a respeito?

— Boa tarde, Herculano. Entendo sua situação. O Max veio para casa como pintainho de um dia, e a minha filha foi se apegando a ele cada vez mais. Hoje, ele está com oito meses. Larissa o trata como seu verdadeiro animal de estimação e o considera como pessoa da família. Peço-lhe, por favor, um tempo para eu estudar uma solução.

Herculano esperou uma semana, mas nada de Valter dar uma definição. A irritação aumentava cada vez mais. Sentia um arrepio só de ouvir o canto do galo. Ficou com insônia.

Mais uma semana, e nem uma palavra do Valter. Não havia mais condição de diálogo!

Fez queixa na Delegacia de Polícia por perturbação de sossego público. Os policiais foram até o local, mas nada puderam fazer, pois não houve flagrante. O galo estava mudo. Pudera! Eram quatro horas da tarde! O melhor a fazer, disseram os policiais, seria procurar a orientação de um advogado. Herculano recusou a sugestão. Por experiência própria, sabia que a Justiça é burocrática, cara e lenta. A solução poderia demorar meses, talvez anos. Poderia também perder a ação: hoje, os animais são mais importantes do que os seres humanos!

Certa madrugada, destacou-se aquele canto mais longo do que os demais. Foi a gota d'água! Seus nervos ficaram à flor da pele. Levantou-se com o plano de envenenar o galo. Foi dissuadido pela mulher:

— De jeito nenhum! A menina convive com o galo diariamente. Pense nisso. Você sabe que criança não tem juízo. Deus nos livre se ela ingerir uma bolinha de inseticida!

Pensou em uma segunda opção: matar o galo a tiros. Novamente, Sofia entrou em ação:

— Você perdeu a razão? Vai complicar sua vida a título de uma bobagem! Você pode ser processado e talvez até ser preso!

Só restava uma alternativa drástica: mudar de casa, ir para longe daquele maldito galo. Teria que vender a sua casa, ou fazer uma permuta por outra, com compensação em dinheiro, caso houvesse diferença de preços entre uma e outra.

Enquanto esperava esse negócio se concretizar; em certo domingo, Herculano notou que a família do Valter estava preparando-se para sair. Havia pacotes nas mãos das crianças; travessas nas mãos dos adultos. Possivelmente, iriam almoçar na casa de algum parente.

Pouco tempo após eles saírem, dois adolescentes bateram palmas no portão. Notando que não havia ninguém na casa, resolveram entrar no quintal à procura de alguma coisa para "levar". O galo, notando a presença de estranhos, começou a fazer barulho. Um deles possivelmente pensou que o almoço estava garantido: "Vamos levar o galo"! Os dois entraram na gaiola, tentando pegá-lo. O galo era ágil, fazia de tudo para não ser capturado, e pulava de uma travessa para outra. A parte do piso em terra nua estava lisa, pois chovera na véspera. Um dos garotos escorregou, e o galo, aproveitando-se do momento, conseguiu escapar. De imediato, pulou para a laranjeira ao lado; em seguida, para o muro que divide as propriedades e, depois, para o quintal do Herculano.

Herculano nem prestou atenção à dupla correndo em direção ao portão, deixando, atrás de si, um rastro de lama onde pisavam, já que seu olhar estava fixo no causador de todos os seus males.

A poucos passos, estava o galo: indefeso, desamparado, assustado. Seu primeiro pensamento foi trazê-lo para dentro de casa sem fazer barulho. Agiu rápido. Correu para o armário da cozinha. Pegou um pacote de milho de pipoca e foi dando, grão a grão, direcionando o galo para a porta dos fundos. Lá dentro, providenciou duas vasilhas para o animal; em uma, colocou água; na outra, pedaços de mamão e banana. A finalidade: acalmar o galo para que ele ficasse quieto.

Todos os indicativos levariam à conclusão de que o galo havia sido roubado: gaiola aberta; marca de sapatos no interior da gaiola molhada; rastros de calçados com barro no gramado e na calçada; portão aberto. Ninguém imaginaria que o galo estava em seu poder, pensou Herculano.

Enquanto o galo se acalmava, Herculano foi elaborando um plano semelhante ao dos vilões de filmes de terror, empregado para assassinar as vítimas sem deixar pistas. Estava arquitetando uma vingança sarcástica: apanharia o galo, amarraria pelas pernas, prendê-lo-ia de cabeça para baixo, na torneira do tanque de lavar roupas. Deceparia o animal com um único golpe de faca, para amenizar seu sofrimento. Deixaria escorrer completamente o sangue, que iria para o ralo. Lavaria muito bem o tanque, para não deixar nenhum resíduo.

Em seguida, imergiria o animal em uma grande panela de água quente, para retirar as penas. Trabalho demorado: de início, elas sairiam em tufos; posteriormente, precisariam ser retiradas uma a uma. Teria o cuidado de colocá-las todas em um saco preto. Não deixaria nenhuma fora. O animal seria esviscerado, lavado, cortado em quatro partes e armazenado no freezer. O lixo, duplamente embalado, seria colocado em um local distante de sua casa, onde seria coletado por algum caminhão da limpeza pública.

Herculano acreditava que, com o passar do tempo, a filha do Valter esqueceria o galo, substituindo-o por um cachorrinho.

Herculano esperava ver Larissa correndo atrás do seu pet. Seria, então, o momento para completar sua vingança! Procuraria o Valter para conversar:

— Vamos esquecer o passado. É importante ter um bom relacionamento de vizinhos. A título de amizade, quero que você experimente a especialidade da minha esposa: coxinha de aipim... "*O galo voltaria ao vizinho, o que seria parcialmente, na forma de recheio da coxinha*", pensou ele.

Herculano repassou o seu plano, mas ficou com uma grande dúvida: mataria ou não mataria o galo? Ele estava em suas mãos. Seria tão fácil! Acabariam seus problemas. Não precisaria mais mudar de casa!

Lembrou-se, então, de um amigo seu, funcionário de uma Repartição Pública, que lhe disse, certa vez, em tom de brincadeira:

— No local onde trabalho, procura-se o culpado e castiga-se o inocente!

Pensou: "O galo não tem culpa. É de sua natureza cantar. O culpado é o seu dono, com a intransigência". Não, não mataria o galo!

Os vizinhos, ao retornarem, notaram a ausência do galo.

— Roubaram o meu Max! — disse Larissa, em choro convulsivo. Valter tentava acalmá-la.

Pouco depois, Herculano telefonou para o Valter:

— Boa tarde, Valter. Dois garotos tentaram roubar o seu galo. Eu os espantei. O Max conseguiu escapar pulando o muro para o meu quintal. Por favor, você e sua filha venham buscá-lo em minha casa.

Os dois foram correndo e, ao ver o Max bem tratado, com água e uma vasilha com frutas, Valter ficou sem palavras. Conseguiu sussurrar apenas um "obrigado!". Larissa, entretanto, era a menina mais feliz do mundo.

No dia seguinte, Herculano recebeu um telefonema.

— Boa noite, Herculano. Aqui é o Valter. Quero agradecer novamente pelo que fez pelo galo da minha filha. Ela lhe manda um beijo, com carinho e gratidão. Peço-lhe desculpas pelos inconvenientes que lhe causamos por todo esse tempo. Peço-lhe também que tenha paciência, até o fim da semana, quando levaremos o Max para a chácara do meu pai, em Guajuvira, perto de Araucária, onde ele ficará livre na propriedade.

Max não compreendeu nada do que se passou, mas, em menos de uma semana, ele quase se tornou carne de panela, escapou de ser degolado e, prêmio maior, vai ser criado solto em uma chácara, à sua disposição. É muita sorte para um galo só!

O "INSETICIDA"

Aquela chácara seria a realização de toda a família. Situava-se em um condomínio fechado, de fácil acesso, próximo à cidade, em lugar alto, sem risco de inundações, com uma vista bonita.

Alessandra teria espaço para plantar suas flores e fazer, com o passar do tempo, uma pequena horta orgânica e um canteiro de ervas aromáticas.

João teria a sua churrasqueira e espaço para plantar as árvores frutíferas, que recordariam o pomar da casa de seus pais.

Os filhos, Eduardo, Sílvio e Bernardo, de 9, 7, e 5 anos, respectivamente, teriam espaço para brincar livremente e tomar sol — o que não podiam no apartamento onde moravam.

A casa aparentava ter 15 anos. Estava em bom estado de conservação. Os antigos proprietários eram um casal de idosos que se mudaram, há cerca de quatro meses, para um apartamento próximo ao centro, onde os filhos poderiam atendê-los melhor.

O tamanho da casa e a divisão das peças atendiam perfeitamente às necessidades da família. Precisava apenas de pequenas reformas, uma limpeza completa e de pintura nova. Alessandra iria manter a cor original: paredes cinza-claro e barrado cinza-escuro. O jardim estava malcuidado. Com um pouco de atenção, voltaria a ser florido; e a grama, verdinha.

Separada da casa, havia uma meia-água: de um lado, um quarto destinado a guardar objetos diversos; do outro, uma churrasqueira, um balcão grande e uma pia, os quais ocupavam toda a parede lateral; no centro, um espaço para mesas e cadeiras; e, ao fundo, um armário.

A poucos metros dessa construção, João notou uma casinha de madeira abandonada e, na área externa, um monte de lenha, que deveria estar lá há muito tempo, pois se encontrava em processo de decomposição. Pensou: "A primeira coisa que vou fazer será remover tudo; não servem para nada".

Na parte posterior da chácara, havia um gramado infestado de ervas daninhas e alguns pés de laranja, poncã, mexerica e goiaba.

Havia muito espaço ocioso. João poderia plantar as árvores que quisesse. Talvez algumas nativas, como jabuticaba, pitanga, gabiroba, uvaia ou, até mesmo, um pinheiro e uma imbuia.

Enfim, era a chácara que João e Alessandra tanto haviam procurado. O local ideal para criar seus filhos e realizar seus sonhos!

Queriam deixá-la impecável antes de fazer a mudança.

João contratou um jardineiro; um especialista em hidráulica e eletricidade, para fazer uma revisão completa; duas diaristas, para uma limpeza geral; e dois operários para deixarem em ordem os fundos da chácara. A demolição da casa abandonada e a retirada da lenha foi na base da permuta com um conhecido seu, o Afonso, dono de um caminhão. Ele faria o serviço em troca do material.

Tudo estava bem planejado, mas surgiu um imprevisto. O alerta foi dado por uma das diaristas:

— Senhor João, matei um escorpião no quartinho ao lado da churrasqueira!

João ficou preocupado. "Onde tem um, tem mais!", pensou. Ele sabia que o veneno de escorpião pode ser fatal.

No dia marcado para Afonso fazer o serviço na chácara, João, ao chegar, encontrou os homens parados.

Após os cumprimentos de praxe, Afonso falou:

— Seu João, não foi possível a gente fazer nada. Olhe só!

Com um pedaço de madeira, desmanchou a parte superior da pilha de lenha, e surgiram dezenas de escorpiões.

Em seguida, acrescentou:

— Se na parte superior do monte tem essa quantidade, imagine lá embaixo, rente ao chão!

João ficou desorientado. Pensou, de imediato, que os seus filhos poderiam ser picados. Nada mais urgente do que retirar a lenha.

— Afonso, preciso realmente do seu auxílio! Não posso deixar essa lenha aqui! Pago um extra e compro todo o material de proteção necessário para o trabalho!

No dia seguinte, estavam lá o Afonso e dois auxiliares devidamente "paramentados": luvas longas até o antebraço, botas altas, macacão de tecido grosso, boné e óculos de proteção. João olhava de longe. Afonso tinha razão: quanto mais lenha era carregada, mais escorpiões apareciam. Quando chegou à última fileira, no material em decomposição, havia uma quantidade maior de escorpiões, de todos os tamanhos. Possivelmente seria o local do criadouro. Descobertos, eles se esparramaram rapidamente pelo terreno, à procura de qualquer local onde poderiam abrigar-se do sol.

Aproveitando a presença do João, um dos operários que estavam limpando o quintal veio dizer-lhe que, no local, havia mais animais peçonhentos. As frutas caídas no chão alimentavam mais escorpiões, lesmas, aranhas, formigas cortadeiras e sabe-se lá o que mais! João pediu para rastelar as frutas, as folhas e os galhos em pequenos montes, jogar óleo diesel e tocar fogo. "Só faltava essa!", pensou, cada vez mais irritado.

No dia seguinte, quando começou a demolir a casa de madeira, Afonso telefonou ao João, dizendo que viu baratas, excrementos de ratos e aranhas-marrons. Foi a gota d'agua para abalar os nervos do João. "Só falta encontrarem cobras!", pensou.

A chácara dos sonhos da família estava ameaçada por pequenos animais peçonhentos. Ele nunca pensou que uma chácara abandonada há quatro meses poderia trazer tantos problemas! Tinha que encontrar uma solução!

Telefonou para a empresa que fazia a desinfecção no edifício onde ainda estava morando.

Etelvino, o dono da empresa, veio rápido. Seus funcionários aplicaram inseticida em toda a casa e no anexo onde se encontrava a churrasqueira, dando ênfase aos ralos. Usaram dose dupla no terreno onde estava a lenha e a casa de madeira — então já demolida e retirada.

Etelvino recomendou:

— O senhor tem que procurar uma empresa especializada em escorpiões. O escorpião é um animal difícil de ser controlado. Esse tratamento que fizemos na parte externa foi simplesmente paliativo. — E forneceu o telefone de duas empresas do ramo.

João procurou a primeira loja indicada e expôs a sua situação. O vendedor ouviu-o atenciosamente e falou:

— Senhor João, o senhor tem razão em estar preocupado. Os escorpiões são animais perigosos que injetam o veneno por meio do ferrão localizado na cauda. Essas picadas provocam dores intensas, alergias e até mortes. As fêmeas têm de três a quatro gestações por ano, cada qual gerando cerca de 20 filhotes. É muito escorpião! Para quebrar o ciclo reprodutivo, são necessárias três aplicações de inseticida.

— Qual seria o custo das três aplicações? O produto a ser usado é muito tóxico? — Quis saber João.

— Infelizmente, não poderemos usar o inseticida da baixa toxidade. Os escorpiões são animais resistentes. Teremos que usar um produto mais agressivo. Mas não se preocupe, pois em 15 dias ele se degrada no solo. O valor de cada aplicação, incluindo o produto e a mão de obra, é de R$ 500,00.

— Obrigado, você foi muito atencioso. Tive uma aula sobre escorpiões. Vou pensar sobre a sua proposta e lhe dou um retorno.

João quis saber outra opinião e outro preço.

Telefonou para a segunda empresa. As informações sobre os escorpiões foram as mesmas. O atendente indicou um produto com outro nome, explicando:

— O princípio ativo é o mesmo, muda somente o fabricante. Recomendamos apenas duas aplicações, com intervalo de 45 dias. Recomendamos, também, incluir um inseticida específico para controlar a aranha-marrom. Ela é tão perigosa quanto o escorpião, porém mais prolífera. Nosso custo por aplicações é de R$ 800,00.

João estava angustiado; tinha pressa; estava preocupado com o longo período do tratamento e com medo de que os resíduos de inseticida permanecessem no solo. Afinal, aquele seria o espaço destinado às brincadeiras de seus filhos.

Não ficou satisfeito com as duas lojas que consultou. Resolveu consultar o Google. Todos os sites eram semelhantes, mas um chamou sua atenção: a propaganda oferecia controle biológico de pastagens. Telefonou para a empresa e falou do que estava precisando. O atendente deu retorno.

— Nós poderemos atendê-lo, porém, é necessário que um técnico nosso vá até o local para conhecer a sua chácara. Pode ser amanhã?

Tudo acertado, no horário combinado, o técnico chegou.

— Meu nome é Carlos — apresentou-se, com um largo sorriso.

Após os cumprimentos iniciais, Carlos falou que gostaria de conhecer a chácara.

— Fique à vontade — disse João.

Carlos percorreu toda a chácara. Andou por um lado, percorreu os fundos, retornou pelo outro lado. Olhou as áreas externas da casa e da churrasqueira, além do local onde foi demolida a casa e de onde foi retirada a lenha.

— O senhor tem uma bela chácara! O local a ser tratado deve ter uns 1.500 m²? João confirmou com a cabeça. Carlos continuou:

— Estamos recuperando uma técnica antiga. Nosso controle é 100% ecológico, sem nenhum perigo para a saúde, e a área pode ser liberada de imediato. Uma única operação, em dose dupla, é suficiente para controlar escorpiões, aranhas-marrons, formigas, baratas ou quaisquer outras pragas que vivam ao nível do solo. Estamos em promoção. O senhor dá uma entrada de R$ 300,00, no início da operação, e mais R$ 500,00 em 60 dias. Se o nosso tratamento não apresentar o resultado esperado, o senhor não paga a última parcela.

João ficou surpreso. Não estava acreditando. Uma aplicação única, 100% ecológica, que controla todos os animais que estavam atormentando sua vida, com custo quase 50% inferior às demais consultas feitas era bom demais para ser verdade!

— Carlos, o seu produto funciona mesmo?

— Sim, com certeza. Se quiser, faço um documento isentando o pagamento da última parcela, a de R$ 500,00, caso o senhor não goste do resultado.

— Carlos, obrigado por sua atenção. Não posso resolver agora, mas dou um retorno amanhã.

João passou o resto da tarde pensando se não haveria algo por trás dessa proposta tão tentadora. Seria um novo golpe? Por outro lado, Carlos falara com tanta convicção, que João ficou em dúvida. Por fim, resolveu aceitar, pensando o seguinte argumento: "O máximo que posso perder é o pagamento inicial!".

Telefonou, na manhã seguinte, para acertar o início da operação.

Carlos chegou no dia e na hora combinados. Estava acompanhado de um auxiliar, trazendo duas gaiolas grandes, com duas aves em cada uma.

João ficou surpreso! Eram aves feias: cabeças pequenas e brancas, bico avermelhado e forte, pescoço muito fino, corpo arredondado, com alguma semelhança com a bola de futebol americano, revestidas de penas cor cinza, salpicada de pequenos pontos brancos. Ele estimou que tivessem cerca de 40 centímetros de altura e peso inferior a um quilo e meio.

Carlos abriu a conversa:

— Apresento o meu "inseticida". São essas galinhas d'angola que vão acabar com as suas pragas. São três fêmeas e um macho. Elas são peritas em devorar escorpiões, mas elas comem de tudo: baratas, aranhas-marrons, lagartas, filhotes de ratos, formigas, cupins, enfim qualquer tipo de praga. Elas não voam.

Carlos continuou falando initerruptamente:

— Gostaria de dar algumas recomendações.

1 - As aves devem ser criadas soltas. Nas primeiras semanas, não forneça nenhum tipo de alimento. Elas têm que viver somente da "caça". Andam juntas, quase correndo. Quando notar que estão andando lentamente, é sinal de que comeram quase todos os insetos. A partir de então, pode-se dar um pouco de milho ou ração, o suficiente para manter o equilíbrio entre a sobrevivência das aves e a manutenção da sua vocação de caçadoras.

2 - Elas têm um som alto, caraterístico: "tô fraco! tô fraco!". Serve para avisar a presença de pessoas estranhas ou invasoras, à semelhança dos gansos, que alertam ao menor sinal de intrusos.

3 - Tampar os ralos com plástico e colocar panos na parte inferior nas portas.

Carlos prosseguiu:

— Senhor João, o senhor poderá até lucrar com o "inseticida". As fêmeas produzem cerca de três ou quatro ovos por semana. São ovos comestíveis e, se chocados, produzem filhotes com valor comercial. E, como combinamos, se o senhor não ficar satisfeito em 60 dias, não haverá necessidade de pagar a segunda parcela. Eis o documento que prometi. Se ficar satisfeito, avise-me, que virei buscar o saldo devedor.

João ficou sem saber o que dizer. Recordou-se muito bem da conversa inicial. Carlos falou em "única operação (não usou o termo aplicação), controle biológico, sem risco para a saúde, área liberada de imediato". Carlos não mentiu... Fez jogo de palavras! E agora? Ele trouxe as aves! Quem sabe funcionam? Não podia "roer a corda"! Pagou, sem ânimo, a parcela inicial de R$ 300,00, conforme combinado.

Este conto maçante já foi longe demais. Vou simplificá-lo.

Antes de vencer os 60 dias, João telefonou para o Carlos:

— Venha reaver os seus "inseticidas", tomar uma cerveja e levar a sua grana. Tomei a liberdade de recomendá-lo ao meu vizinho.

E tal qual filme "água com açúcar", no final, todos ficaram felizes: João, com a chácara sem pragas; a esposa, com o canteiro de flores; e os filhos, com o campinho de futebol.

Carlos voltou para sua casa rindo sozinho. Afinal, havia vendido cada galinha d'angola, criação da sua granja, por R$ 200,00. Foi um bom negócio! Seus maiores clientes são os produtores de leite, que pagam, em média, R$ 20,00 a unidade, e as galinhas são usadas no controle de cigarrinhas nos piquetes de pastoreio das vacas leiteiras.

O MORCEGO

Aquele ponto escuro, no fundo da cortina muito branca, chamou a atenção da dona de casa, Maria.

Em certo momento, aquilo criou vida, agitou-se como uma imensa borboleta. A porta da sala estava semiaberta, e soprava uma leve brisa.

Curiosa, Maria aproximou-se, devagarzinho, e levou um tremendo susto: viu um animal, feio, horrível, repugnante, fantasmagórico. Rosto peludo, as sobrancelhas quase cobriam seus pequenos olhos escuros, orelhas triangulares paralelas ao rosto enrugado, boca assustadora, em que se destacavam dois dentes incisivos pontiagudos e afiados, e um grunhido que parecia sobrenatural. Era um morcego que, em um primeiro instante, trouxe-lhe a lembrança dos vampiros que despertam de seu sono secular e ressuscitam para sugar o sangue dos humanos.

Maria chamou desesperadamente o filho. Habilidoso, ele empurrou a animal para fora, usando a própria cortina como anteparo.

O marido correu levando um copo de água com açúcar.

Após o susto, os três fizeram uma varredura na casa. Reviraram todas as peças, os cantos, os armários. Moravam no 3º andar. Apesar de ser uma noite sufocante, fecharam as janelas. Não encontraram nada. Aquele, possivelmente um filhote, era o único. A noite foi de tensão; e o sono, com pesadelos. A tensão foi agravada por notícias de que duas pessoas tiveram raiva causada por morcego hematófago, na localidade de Borda do Campo, perto da Serra do Mar.

No dia seguinte, logo depois das preces matinais e do café com leite e pão com manteiga Aviação, marca inseparável desde a infância, Maria foi para o Google. Descobriu que morcegos são mamíferos que voam. Mamíferos que voam? Inacreditável! São mais parecidos com pássaros. Seus membros superiores têm formato de asas, o que permite circular pelos céus. Possuem um dispositivo, um sistema de orientação, que guia sua trajetória noturna, mesmo em ambientes fechados, como as cavernas. Aliás, um fator importante para definir a batalha da Inglaterra durante a Segunda Guerra Mundial, pois, ao estudar os morcegos, os cientistas ingleses descobriram o radar que detectava, com a devida antecedência, os aviões alemães, suas rotas e os lugares que planejavam bombardear em Londres, em 1940, podendo, assim, fazer a intercepção antecipadamente.

Nos dias seguintes, Maria procurou por morcegos. Descobriu, na sacada da sala, sinal de fezes, porém nada de morcegos.

Ao fazer nova pesquisa, outra informação despertou sua atenção. A maioria das espécies era frutívora. Tempos atrás, havia notado, ao passar em frente à casa da vizinha, um pé de ameixa amarela, na verdade uma nespereira, em que muitos frutos não vingavam. Eram pequenos, mirrados, com furos e manchas típicas das causadas por insetos ou animais. Pensou: "Vou observar esta árvore!". Emprestou um binóculo da filha. Surpresa: ao cair da tarde e noite adentro, dezenas de morcegos saíam a voar e retornavam aos galhos, onde permaneciam de cabeça para baixo, como de hábito. A nespereira era o abrigo e a fonte de sua alimentação!

Sua angústia aumentou por ter um inimigo na vizinhança. Redobrou a atenção nas vistorias da casa. Entretanto, como acontece com todas as preocupações, essa também foi se diluindo à medida que o tempo passava. Em meados do outono, os morcegos sumiram, pois não havia mais frutos. Migraram à procura de outras fontes de alimentos.

Na natureza, o ciclo se repete: flores brancas na primavera, ameixas douradas no fim do verão e início do outono. Maria ficou com uma preocupação: os morcegos voltariam? Apareceriam de repente, surgindo do nada?

Sim, no devido tempo, eles retornaram!

Ela, porém, estava prevenida: protegeu todas as janelas do apartamento com telas, como se tivesse crianças em casa.

Mas não estava tranquila ainda. Procurou uma loja de produtos agropecuários. Comprou o herbicida mais eficiente. Trouxe, junto, um aparelho para vacinar gado.

No fim da tarde, aplicou uma dose tripla no tronco da árvore hospedeira. Ela demorou 60 dias para morrer. Não tinha pressa. O importante era que aquela nespereira nunca mais abrigaria morcegos.

Maria amenizou a sua "quiroptophobia", mas cometeu duas infrações: destruiu uma árvore frutífera e deixou sem abrigo animais inofensivos protegidos por lei.

A pergunta que fica: havia necessidade de uma solução tão radical?

Os ecologistas não podem saber, senão o assunto vai longe!

Com toda a certeza, daria outro conto... Talvez, com o título de "O morcego II" ou de "O retorno do morcego"!

O PINHEIRO

Estava muito cansado. Era um daqueles dias em que se tem a impressão de carregar o mundo nas costas.

Deitei-me e dormi em seguida. E veio aquele sonho inimaginável, um sonho que não esquecerei jamais. Não dava para ficar indiferente.

Ouvi, uma voz, com sotaque desconhecido:

— Oi, moço!

O meu ego ficou ativado. Tenho mais de três quartos de século. Chamar-me de "moço" é um elogio. Olhei ao redor e nada vi.

— Oi, moço! — repetiu. — Sou o pinheiro que está ao seu lado direito. Não gosto de ser chamado de araucária. Sou pinheiro mesmo.

Imagine a minha surpresa, não surpresa, um espanto, um choque que me deixou sem palavras. "Estou delirando", pensei. O pinheiro continuou:

— O senhor pode ouvir-me? As pessoas passam correndo e ignoram-me. Não tiram os olhos do celular, mas eu preciso falar, é importante. Por favor, escute a minha história!

A gente não manda nos sonhos, não interfere, não controla, não foge. Assim, não restou, então, outra alternativa que não fosse a de prestar a atenção às suas palavras.

— Vivíamos, toda a família, sob a grande Cruz do Sul, aos milhares. Vistos de longe, parecíamos um mar azulado. Nossas copas eram o local preferido para o amor dos pássaros. Faziam seus ninhos, criavam seus filhotes sobre nossas copas. Eram centenas de aves diferentes: papagaios, periquitos, águias, corujas, sabiás, beija-flores, sanhaços, pássaros pretos, além de outras de que não recordo. Minha preferida era a gralha azul. Quando as minhas pinhas esborrachavam no chão, a gralha fazia a festa. Comia até se fartar. O seu bico era maior do que seu estômago. Então, levava meus pinhões para locais diferentes e os enterrava para comer posteriormente. Às vezes, esquecia onde estavam os pinhões, então eles germinavam, formando novas plantas.

"Sob nosso teto, os animais viviam em harmonia: pacas, cotias, ratos do mato, veados, catetos...

Alguns eram caçados por predadores naturais, como o puma, a onça, o cachorro-do-mato, a jaguatirica, a águia. Caçavam apenas para seu alimento e o de sua prole. Todos precisam viver! Nada se perdia. A sobra da carcaça ficava para os abutres.

Os caingangues são um capítulo à parte. Não eram "índios", no sentido depreciativo com que vocês, brancos, os chamam. Eram um povo altivo e nobre, com suas lendas, crenças e religião, seus hábitos, seus costumes e suas tradições.

O meu pinhão alimentava seu povo no inverno, quando escasseava a comida. Nas noites frias, faziam a sapecada: os pinhões eram assados em nossas grimpas. O pinhão fazia o povo forte. Você sabia que pinhão é um alimento nobre, rico em carboidratos, proteínas, lipídios, fibras, vitaminas e sais minerais? O pinhão é o "feijão" de árvore!

Tenho que reconhecer que o os caingangues cuidavam de nós. Sua lenha era apenas de galhos derrubados por ventos fortes. Protegiam nossas mudas. Cuidavam para que o fogo não se espalhasse pelas matas. Rezavam para os espíritos da floresta... Em resumo, vivíamos todos em harmonia: o pinhal, os animais e os caingangues.

Um determinado dia, o silêncio foi cortado por um barulho seco, alto, aterrorizante. Naquele instante, as portas do inferno se abriram para nós. Era um som cadenciado, direita-esquerda, esquerda-direita, que cortava nosso tronco, sangrava nossa seiva. Tratava-se do machado, instrumento maligno que avançava, impiedosamente, para o interior de nosso cerne, destruindo os anéis que marcavam a nossa idade.

Enfim, gigantes de 100, 200 anos, com diâmetros de seis metros, ou mais, e 40 de altura, não resistiram. Caíram com estrondo. Suas pinhas ainda verdes foram esmigalhadas.

O serrador, com a sua lâmina de aço, forjado nas profundezas, e com seus dentes afiados, retalharam-nos em três, quatro ou cinco metros de comprimento, para possibilitar o transporte para a serraria, um lugar o mais horroroso possível. Difícil imaginar algo pior do que uma serraria. Foi o local do nosso "fitocídio".

Na serraria, fomos esquartejados — em tábuas, para a construção de casas; em caibros e vigotas para telhados; em pranchas que, mais tarde, transformar-se-iam nos mais diferentes tipos de móveis; em tábuas próprias para a fabricação de forro para o teto das casas, indispensável até o advento do gesso ou da laje de concreto.

O esquartejamento continuou: mata-junta para tampar o espaço entre duas tábuas ao erguer uma parede; ripas para o que se chama hoje sanca; balaústres para as cercas das casas; meia-tábua para a decoração de arabescos fixados nas sacadas; e, no início da exploração, até pequenas tábuas para o telhado. A sanha destruidora só terminou quando não tinha mais nada a sugar, quando viramos pó. Até os nós, que simbolizam a nossa força e a nossa imortalidade, não foram poupados. Viraram cinzas.

Destino idêntico tiveram 95% de nossos irmãos. E conosco desapareceram as aves, os animais, os caingangues.

Pergunto: nós merecíamos esse destino?

Moço, foi para expor o nosso drama que eu o chamei.

Que meu pedido seja levado, para que se possa salvar os 5% que ainda nos restam! Seja o nosso porta-voz! Grite ao mundo! Lute por nós!

Fiquei sabendo de atitudes isoladas para nos auxiliar. Em certa cidade, estão oferecendo alguma vantagem para quem nos mantiver em seus quintais. Vai ajudar pouco. Temos flores masculinas e femininas em plantas diferentes. Árvores preservadas isoladamente são estéreis. Destinam-se apenas a nos retratar como uma espécie imponente e altiva, porém, em fase de extinção".

E como em um lamento, em tom de agonia, disse, em voz comovente:

— AJUDE-NOS!

Nesse instante, acordei. Que pesadelo!

O TATU

Valdir era engenheiro agrônomo, responsável pela produção de sementes de uma empresa do ramo. Entre suas obrigações, constava a de fiscalizar os campos de soja. As áreas (campos) destinadas a produções de sementes têm normas estabelecidas pelo Ministério da Agricultura. A aprovação dessas lavouras é o passo inicial de uma série de operações até que o produto seja considerado Semente Fiscalizada, liberada para comercialização.

Naquele dia, ia visitar a Fazenda Ipomeia, pertencente ao Sr. Joaquim Pereira, localizada no município de Serra da Esperança, distante 130 km de sua sede. Esse campo era um dos seus preferidos: o agricultor era dedicado e atendia às recomendações que recebia; e a sua área, extensa. Além disso, o clima frio era adequado para obter um produto de qualidade, tanto em germinação como em vigor.

Convidou o Anselmo, seu vizinho, que já havia demonstrado interesse em conhecer a região, para ir junto. Partiram às 7h30.

Ao chegar à fazenda, foram direto à sede. Tiveram uma conversa trivial com o proprietário, Sr. Joaquim: saúde dos familiares; condições do tempo; desenvolvimento da cultura; controle de pragas e doenças; perspectivas de mercado etc.

— No momento, vai indo bem — acrescentou seu Joaquim.
— A florada está bonita, mas temos dois meses e meio para a colheita. O senhor sabe, a safra só está garantida quando é entregue na cooperativa. Tomem um cafezinho antes de ver a lavoura.

O café, acompanhado de bolo de fubá com coalhada seca, estava muito bom.

Valdir agradeceu e disse que ia fazer seu trabalho. Joaquim prontificou-se a acompanhá-lo. Valdir disse que não havia necessidade, mas Joaquim insistiu. Notava-se que ele tinha orgulho de mostrar a sua propriedade. A cultura estava muito bonita mesmo!

Deixaram o veículo no carreador e começaram a cruzar a lavoura, em diagonal, como é indicado. Em determinados espaços, paravam para observar o estado sanitário; a densidade das ervas daninhas; uma leguminosa rasteira que sufoca as plantas, e que dificilmente é separada no beneficiamento; e principalmente a cor das flores das plantas. Cada variedade de soja tem uma flor com sua cor própria: branca, amarela, rosa, azul, violeta. Cores diferentes, na mesma cultura, indicam mistura varietal. A maturação pode ocorrer de maneira desuniforme, o que prejudica a colheita e impede o aproveitamento para sementes.

Concentrado na observação das cores e anotando os dados, em determinado instante, Valdir sentiu o chão desabar. Enfiara a perna esquerda em um buraco de tatu! Em um movimento de alavanca, o tronco pressionou o joelho, deixando-o imobilizado. A dor era intensa. Não podia andar. Sorte sua o Sr. Joaquim e o Anselmo estarem presentes, pois, caso contrário, teria de se arrastar até o carreador e aguardar algum socorro.

Amparando-o, levaram-no até o carro e, em seguida, para a cidade próxima. O hospital era modesto e não tinha ortopedista. Então, acompanhado de Anselmo, Valdir dirigiu-se à sua cidade.

O exame acusou o rompimento de três dos quatro tendões que ligam a perna à coxa.

A cirurgia foi coroada de êxito. Quando voltou para a revisão, percebeu que o consultório do médico estava forrado de quadros com agradecimentos de pessoas atendidas: jogadores de futebol e basquete, ciclistas, crianças, atropelados, acidentados no trânsito... enfim, todos os que necessitaram de um ortopedista.

Sorrindo, o Dr. Eduardo falou:

— Você é o único caso que atendi, em 30 anos de profissão, cuja causa foi um tatu!

Valdir riu junto e gravou essas palavras.

Dois meses depois, Valdir, recuperado, voltou à fazenda do senhor Joaquim, agora para a inspeção final, como é exigida pelos órgãos reguladores.

Após o trabalho, perguntou se poderia tirar uma foto de um buraco de tatu.

— Sim — respondeu Joaquim. E continuou: — será fácil, aqui tem muitos. Nós até gostamos de ter bastantes tatus, pois eles comem lagartas, cupins, formigas e outros insetos que podem prejudicar a cultura. Comem até aranhas, escorpiões e filhotes de ratos. Arejam o solo. O tatu é um animal útil.

Valdir explicou que a foto era para o seu ortopedista.

— Tenho uma ideia melhor — disse Joaquim. — Vamos procurar uma toca. Vou fazer fumaça com uns ramos secos. Se o animal estiver dentro, ele sai ligeirinho. Fique com a máquina fotográfica pronta, para não perder o bicho!

Na primeira toca, nada. Na segunda, surgiu um tatu. Pescoço fino, carapaça saliente em amarelo-claro, olhos escuros, pequenos e brilhantes. Estava meio atordoado pela fumaça. Valdir conseguiu bater quatro fotos.

Joaquim explicou:

— Esse é o tatu-bolinha. A carne é de primeira. O senhor quer experimentar? Em menos de uma hora, ele estará fritinho! Sua carne é melhor que a de frango. Tenho até a pinga Tatuzinho para combinar!

Valdir, com receio de não ter coragem de comer carne de tatu, agradeceu, alegando pressa em voltar para casa.

Na semana seguinte, foi a um estúdio fotográfico. Escolheu a melhor das fotos: uma toca circular, rodeada de verde, com metade do corpo do animal para fora. O tamanho, 50 x 70 cm, estava na proporção adequada. Uma obra de arte!

Caprichou na moldura e na dedicatória.

Dr. Eduardo ganhou um quadro nada convencional. Está em lugar de destaque no seu consultório. O tatu não deixa de chamar a atenção.

UM CONTO DE PÁSCOA

    A história é quase verídica. Mudam-se apenas o local onde moram os personagens deste "causo" e os seus respectivos nomes, com exceção de **Luzia**, que é o nome real da mãe da família.
    O pai, Pedro, trabalha no setor administrativo de um hospital público. Nessa época de pandemia, o trabalho é dobrado, mesmo para quem não está na linha de frente de combate ao Coronavírus. A mãe, **Luzia**, é professora em uma escola particular.
    O casal tem três filhos. Eduardo, 12 anos, Mário, 10, e Ana, de oito. Todos estudam em escola particular. Os pais querem o melhor para seus filhos, por isso dão duro para manter um padrão de vida razoável para a família.
    Moram no Bairro Gralha Azul, em um condomínio constituído por duas torres, cada uma com 20 apartamentos de três quartos, denominadas Bloco A e Bloco B. A área em comum possui piscina, um pequeno bosque, salão de festas, espaço para manicure, sala de jogos, quadra esportiva, local para pets, enfim, uma estrutura adequada para o conforto de seus residentes.
    O problema da família são os dois filhos. A Ana é uma menina comportada, atenciosa, afetiva com os pais, ordeira; mantém o seu quarto impecável, considerando-se a sua idade. Em compensação, os irmãos são terríveis e desordeiros. No quarto, parece que passou um furacão. A pobre mãe tem de começar do zero a arrumação, todos os dias. Na sala onde fazem as tarefas, há livros, cadernos, lápis, canetas, microcomputador, todos esparramados.

A situação se complica no comportamento deles fora de casa. Eles moram no apartamento **171 B**. Às vezes, ao descer para o térreo, apertam, no elevador, os botões de todos os andares. Também jogam lixo no chão, rabiscam o muro lateral, maltratam os pets dos outros moradores. Os pais foram chamados várias vezes para prestarem explicações ao síndico. O pior é quando ofendem os vizinhos. Certa vez, disseram a uma senhora que o seu traseiro era proeminente. Claro que essa palavra é eufemística, já que o termo vulgar é bem outro. Em outra ocasião, perguntaram a um vizinho: "Por que o senhor está tão magro? Está doente? É aquela doença que contagia e mata?". E vão lá os pobres pais a pedirem desculpas.

Com reclamações de todos os lados, o síndico marcou uma assembleia extraordinária para tratar dos desmandos da dupla. Foi cancelada três dias antes, pois as aglomerações foram proibidas por órgãos governamentais. Alívio para os pais!

Se livres, Eduardo e Mário já eram verdadeiros capetas, imaginem presos em casa, confinados. A mãe está acabada. Tem aparência de uma senhora de 60 anos.

Os pais resolveram tomar uma medida drástica: não haveria ovos de Páscoa naquele ano.

— Mãe, a Páscoa é esta semana! O coelhinho nunca nos esqueceu. A senhora viu o bilhete que deixamos na bancada da cozinha com os nossos pedidos?

— Vi, sim, mas não insistam. Vamos fazer ovos para a Páscoa como eram na infância da sua avó. No distante interior, nos anos 1960, não se encontravam chocolates. A solução era caseira, bem simples. Ferviam-se separadamente os ovos de galinha com papel crepom verde, vermelho e azul. Eles ficavam nas 3 cores. Enfeitava-se o ninho com as sobras dos papéis. Tenho fotos, vocês podem ver que ficavam muito bonitos. — E acrescentou: — Vocês vão ter ovos coloridos e saudáveis!

— Mãe, isso não existe mais! Deve ser da época daquele Rei barbudo que tem o mesmo nome que o pai!

— Não importa, vamos, então, restaurar um costume antigo.

No Sábado de Aleluia, após o almoço, falou para os filhos:

— Vou sair com a Ana, para fazer umas comprinhas, e depois vou buscar seu pai no hospital. Comportem-se. Vocês terão uma surpresa!

As coincidências ou fatalidades acontecem. Em época de Coronavírus, quase tudo é *delivery*. Na ausência dos pais, chegou um motoboy na portaria do condomínio.

— Trouxe uma encomenda para a dona **Luíza**, do 171.

O porteiro, que era substituto, viu, na lista, "**Luzia – 171 B**", e interfonou para o apartamento avisando para buscarem o pacote, não tendo o cuidado de observar o **bloco**.

Eduardo atendeu a campainha. Desceu ligeirinho e levou o pacote para casa. Curioso, abriu a caixa ricamente enfeitada. Dentro, havia uma cesta de Páscoa contendo ovos grandes, ovos pequenos, coelhinhos, balas etc. E, além do mais, da marca Kopenhagen. Pensou: "Essa é a surpresa que a mãe falou! Só pode ser!". Chamou o Mário. Rasgaram o papel celofane, escolheram um ovo grande, com papel alumínio dourado e laço vermelho. Quebraram-no e começaram a comer os bombons do interior.

Quando os pais chegaram, tiveram a maior surpresa. A cena era "chocodantesca". Eles simplesmente "esquartejaram" a cesta. Sobre a mesa, ovos esparramados e pacotes de balas rasgados. As bocas e mãos lambuzadas, a toalha de renda portuguesa serviu como guardanapo. Pedaços de ovos caíram no chão e foram pisoteados. As marcas dos sapatos impregnados de doce estavam por toda a sala.

Luzia entrou em crise. Houve choros e lágrimas. Avançou para esganar os filhos, mas foi contida pelo marido. Agitada, ela falou:

— Se soubesse que vocês seriam assim, teria afogado vocês no banho quando eram recém-nascidos!

Aos poucos, entretanto, ela foi se acalmado, e as coisas foram se esclarecendo.

Uma encomenda enviada para um apartamento e entregue a outro causou todo esse drama. Essa foi uma Páscoa para não deixar saudades e que, com certeza, nunca será esquecida!

O que foi feito para compensar todo o transtorno que ocorrera?

A Sra. **Luzia, do 171-B**, a mãe dos "capetinhas", providenciou uma cesta idêntica e enviou, no dia seguinte, para a Sra. **Luíza, do 171-A**, com votos de Feliz Páscoa, acompanhada de um pedido de muitas desculpas.

UMA HISTÓRIA AINDA SEM NOME

João Quati era um homem moreno-claro, olhos castanho-esverdeados, cerca de 1,65 m, pescoço curto e tronco que parecia um armário. Simpático, expansivo, boa conversa, tratava a todos com muita amabilidade. Na juventude, foi famoso por pregar peças nos amigos. Um dia, fingiu-se de morto. Foi uma correria. E ele também gostava bastante de contar histórias dramáticas.

Seu apelido remonta à infância, quando o pai levou para a casa um filhote de quati que encontrou abandonado na estrada. O menino e o animal tornaram-se inseparáveis. O quati cresceu e, em um determinado dia, desapareceu na mata vizinha. O João demorou a se recuperar. Chorou durante três dias! Perdeu o animalzinho de estimação, mas ganhou o apelido.

João Quati era proprietário de uma loja de produtos destinados à agricultura: enxadas, enxadões, machados, rastelos, peneiras, medicamentos veterinários, pregos, dobradiças, arames farpados, enfim: todas as miudezas de que um imóvel rural necessita. Não se pode esquecer da plantadeira manual, a famosa matraca ou suruquá. Foi com essa maquininha simples que foram plantadas, no Estado do Paraná, antes da mecanização agrícola, quase todas as culturas da chamada lavoura branca (arroz, milho, feijão, algodão). Até o fim dos anos 1960, só havia ela. Imbatível. Não pode ser esquecida! Deveria constar no brasão de vários municípios.

Com a introdução do plantio de algodão, Timburi ganhou vida nova. Situada próxima ao Rio Ivaí, a cultura adaptou-se muito bem em suas terras, uma das mais férteis do Estado. O algodão gerava riqueza: era o "ouro branco".

João Quati não poderia ficar fora do desenvolvimento da cidade. Sua loja mudou de nome e de atividade. Alugou um espaço maior. Agora, chamava-se Agrícola Terra Roxa. Atividade principal: venda de defensivos agrícolas. O mercado era promissor, pois a cultura era muito prejudicada por insetos, exigindo, às vezes, até 10 aplicações de "veneno", como se denominava na época.

Alugou um depósito e contratou um vendedor para percorrer os sítios, oferecendo seus produtos.

A cerveja de sexta-feira era sagrada: após as 18 horas, reunia-se com os amigos no bar ao lado. A conversa ia longe. Em determinada sexta, surgiu o assunto "dívida". Um deles falou:

— Dever para pobre dá um azar! Ele não esquece. Perturba a sua vida até receber. Se tiver de dever, que seja para bancos ou firmas grandes. Quanto maior for a dívida, mais bem você será tratado, seja pela gerência local, seja pelo advogado da empresa. Se não pagar, o caso vai longe. Sabe como é Justiça! Sempre há um acordo. Se não houver, as empresas lançam o valor como prejuízo e deduzem no Imposto de Renda. Falo com conhecimento de causa, pois passei por situação idêntica, anos atrás, no noroeste paulista!

A conversa continuou com os assuntos corriqueiros: futebol, política, fofocas etc.

Tudo ia bem com a Agrícola Terra Roxa, até correr a notícia de que outra empresa do ramo iria se instalar em Timburi, atraída por sua crescente produção de algodão. Seu nome era Companhia Agrícola Ivaí, e ela tinha associação com uma usina de beneficiamento de algodão.

A companhia viria com o pacote completo: posto de recebimento de algodão; fornecimento de defensivos em agosto/setembro, a receber em produto a ser colhido em fevereiro/março; disponibilidade de sementes mais produtivas; assistência técnica; reuniões para lançamento de novos produtos; prêmios para os participantes etc. Estava nos planos também trabalhar na compra de milho, feijão e café — as outras culturas da região.

João Quati sentiu o abalo. Mercado é mercado. Mesmo os clientes mais tradicionais iriam procurar quem oferecesse condições mais vantajosas. Sabia que não poderia concorrer. Ainda bem que a nova empresa só começaria a funcionar no início do próximo ano, e ele teria tempo de se programar.

Passou noites em claro. Chegou a pensar na conversa com os amigos, meses atrás. Foi planejando uma solução maquiavélica. Ficou em dúvida quanto a pôr em prática o seu plano, mas, em um dia de muita pressão, sucumbiu!

Procurou o seu maior fornecedor: fez compras para pagar na colheita, dentro do seu limite de crédito — o que não era pouco, pois era cliente tradicional.

Quando as mercadorias foram entregues, reservou uma pequena parte para seus clientes antigos. O saldo, vendeu-o, à vista, com deságio, para um amigo que opera no mesmo ramo, a 250 km de distância, na região do arenito.

Ficou matutando sobre o que fazer em março, quando as faturas venceriam.

No início do ano, ganhou um aliado da natureza. Choveu tanto que o algodão brotou no pé. Fenômeno raro, mas que eventualmente ocorre. Nos capulhos brancos, surgiram várias folhas verdes. O algodão perdia peso e qualidade. Em casos extremos, não há nem comprador. Era tudo de que João Quati precisava!

Nos dias previstos para o inspetor da multinacional fazer a visita para o recebimento, ele não ia à empresa. Ele a deixava semifechada, apenas com o funcionário, a fim de encaminhar o cobrador à sua casa.

Certa tarde, escutou palmas na porta. Por uma fresta da cortina, João Quati viu que era o homem aguardado.

— Entre, Sr. Otávio. Fez boa viagem? Tudo bem com a família?

Ao entrar, Otávio levou um susto, uma surpresa ou os dois ao mesmo tempo:

A sala estava vazia, sem os móveis de classe que havia notado na visita anterior: nada de sofá, poltronas, mesas de jantar, cadeira, armários. Nem um quadro na parede. Apenas duas cadeiras de plástico, comuns em bares, e uma mesa do mesmo material. Além de não primarem pela limpeza, uma delas estava lascada, e a mesa balançava devido à diferença de altura entre as pernas.

— Sente-se, Sr. Otávio. Desculpe-me a simplicidade da casa. Este foi um ano muito ruim para mim. Não consegui pagar o aluguel da loja. Vou ser despejado no próximo mês. Esta casa é do meu sogro. Eu e minha mulher nos separamos, então ele quer a casa de volta. Tive que vender meus móveis para pagar as contas das pessoas mais necessitadas: os "saqueiros", a diarista, o guarda-noturno, o meu funcionário, algum frete que ficou para trás... enfim, todas as pessoas que, como se diz, "trabalham ontem para comer hoje". Foi até a televisão. Ficou apenas o radinho para ouvir notícias!

João Quati falava lentamente sobre cada "drama" de sua vida. Intercalava expressões faciais de sofrimento, tristeza e amargura, e com tanto realismo que transmitia a imagem de uma vítima do destino.

— O Senhor sabe, levaram até a geladeira. Não posso lhe oferecer nem uma bebida gelada. Esta mesa e estas cadeiras, eu as encontrei no depósito do bar em frente. O Senhor sabe que sou homem de bem. Estou com dificuldade para receber minhas contas, pois todo o mundo sabe que os cotonicultores tiveram prejuízos, a maioria com perdas totais. Não estão conseguindo pagar as contas, inclusive as minhas. Não fugi. Estou aqui, firme, com a cara e a coragem! Vou tentar receber o que tenho em haver e, de imediato, repassar para a sua firma.

João Quati falava initerruptamente, de forma dramática. Otávio estava desorientado com as conversas e as lamentações. Foi quando João Quati acreditou ser a hora adequada para dar o bote!

Pediu licença para ir ao banheiro. Saiu da mesa com um soluço forçado.

Longe da vista do Sr. Otávio, João Quati retirou do bolso uma pequena lata fechada, que continha cebola moída. Passou uma camada sob as pálpebras, esperou alguns instantes para fazer efeito, e voltou chorando às lágrimas.

Otávio quase chorou com ele. Viu que que não tinha ambiente para continuar a conversa.

— Sr. João, retorno na próxima semana. Vou levar seu caso para o meu diretor decidir sobre a sua situação. Veremos o que posso fazer para ajudá-lo. Boa tarde, passar bem.

— Obrigado, igualmente. Boa vigem.

Quando Otávio embarcou no carro, João Quati abriu um sorriso de vitória!

Desconheço os detalhes do final da história. Soube apena que João Quati, algum tempo depois, mudou-se para o Mato Grosso, a nova fronteira agrícola que estava despontando. Mudança completa: mulher, filhos, sogros, os móveis, a geladeira, a televisão que misteriosamente "reapareceram". Na bagagem, levou a experiência de comerciante e a reserva de capital. Não deixou nada para trás, nem o cachorro.

Amigo leitor, lembra-se das palavras iniciais, "Uma história ainda sem nome"?

Ao começar este conto, estava em dúvida sobre o título: "O Golpe", "O Golpista" ou "O Ator". Não tenho mais dúvidas!

Golpes ocorrem às centenas, todos os dias, de todas as formas, desde os mais sofisticados — com planejamentos em equipes — até os comumente praticados em duplas, ou mesmo o simples golpe do bilhete premiado. Como dizem os especialistas do ramo, nasce um tonto todos os dias!

João Quati foi diferente: organizou seu golpe com arte, montou o palco, programou a cena, fez um *script* forte, atuou com entusiasmo. Convenceu!

Este conto, em consideração a João Quati, vai se chamar "O ATOR".

Uma explicação de termos pouco comuns:

Matraca: sinônimo da plantadeira manual. Quando se lançava a semente ao solo e a pressionava para cobrir a terra, emitia um som idêntico ao das matracas em procissões religiosas de antigamente.

Suruquá: termo afetivo para designar a plantadeira manual. Desconheço a origem da palavra.

Saqueiro: operário que trabalha em carga e descarga de produtos diversos, mas principalmente sacarias.

Cotonicultor: plantador de algodão.

Capulho: fruto do algodoeiro maduro, com a pluma branca exposta, pronto para ser colhido.

A OBSESSÃO

Euclides era um homem culto. Frequentou o curso de Filosofia até o terceiro ano da Faculdade. Desistiu. Pensou: "Não há mais espaço para filósofo no mundo atual. Ninguém mais pensa; ninguém mais questiona". Queria dizer que "Tudo é enfiado goela abaixo", mas achou o termo muito vulgar. Trocou-o por "Tudo é aceito pacificamente, sem reação", essa era uma forma mais decente de dizer!

Se tivesse um blog, seria lido por "meia dúzia de gatos pingados". Estudou os prós e os contras. Trancou a matrícula na Faculdade.

Resolveu, então, fazer Licenciatura em Língua Portuguesa. Nesse curso, ele foi até o final. Tornou-se professor de ensino médio em uma escola particular. Era benquisto pelos alunos, o que lhe dava satisfação.

Euclides, entretanto, tinha uma obsessão: a morte, a sua morte.

Não se preocupava com a sua *pós*-morte.

Leu muito sobre isso. Os grandes filósofos da Grécia Antiga tentavam compreender os fenômenos da natureza e do universo; faziam descobertas nas ciências — Medicina, Física, Matemática, Geografia —, mas pouco se referiam ao pós-morte.

O cristianismo trouxe a noção de Céu, Inferno e Purgatório. Não ficava sugestionado por esses conceitos.

Outras religiões, como o budismo, acredita na reencarnação da alma; mas Euclides não pensava que poderia reencarnar em outro ser que não fosse humano.

Alguns filósofos afirmam que a morte é simplesmente o fim de um processo biológico.

Enfim, Euclides tinha noção de todos esses diferentes conceitos filosóficos ou teológicos do pós-morte, mas ele não se preocupava com nenhum deles. A obsessão era a sua vida: não queria morrer. Acordava angustiado: seu primeiro pensamento, ao acordar, era que estava mais perto da morte do que no dia anterior.

No dia a dia, evitava tudo o que poderia causar acidente. Andava apenas de ônibus, pois acreditava que o risco seria menor do que usar o seu carro próprio. Não almoçava fora, com medo de intoxicar-se. Ao atravessar a rua, olhava três vezes para cada lado. Não saía à noite por medo de ser assassinado. Queria proteger a sua vida de qualquer maneira.

Não participava de velórios nem de cerimônias religiosas fúnebres. Elas lhe recordavam a sua própria mortalidade. Tinha pavor! Passar em frente aos cemitérios? Jamais!

Certo dia, um amigo que sabia de suas preocupações, como brincadeira, enviou-lhe um e-mail:

"Euclides, viver é muito perigoso. Você pode morrer!"

Foi um choque. Até então não tinha pensado que a vida em si era perigosa. Redobrou as prevenções; aumentou o temor!

O aparecimento do Coronavírus foi um ingrediente a mais em seu sofrimento. Talvez tenha sido a única pessoa na cidade que ficou feliz com as recomendações de confinamento.

Isolou-se do mundo. Ia ao mercado ou à farmácia o mínimo possível, apenas para comprar o básico de que necessitava, quando não pedia por *delivery*!

Seu passatempo: internet; leitura, de preferência seus livros do tempo da Faculdade de Filosofia; e TV, na qual assistia a filmes e documentários. Não ouvia os noticiários, nos quais os destaques repetitivos eram o avanço da doença. Ele tinha a impressão de que os apresentadores demonstravam uma satisfação mórbida em anunciar os casos crescentes e as estatísticas minuciosas das mortes, com as datas e os locais exatos.

Euclides gostava mesmo de admirar a paisagem pelas janelas do seu apartamento, que se situava no 12º andar. Olhando para o leste, tinha uma visão privilegiada da Serra do Mar; a oeste, poderia ver metade da cidade; e, ao longe, na linha do horizonte, via um pedacinho da Serra de São Luiz do Purunã.

Certa manhã, estava debruçado na janela tomando sol, quando aconteceu a fatalidade.

Uma diarista estava lavando uma sacada no 25º andar. A fim de facilitar o serviço, colocou um vaso de flores no parapeito. O piso estava liso. Ela perdeu o equilíbrio, apoiou-se no beiral e derrubou o vaso.

Coincidência ou destino? Ambos os lados da mesma moeda, e o vaso caiu em cima da cabeça do Euclides, matando-o na hora. Ele não notou a sua morte, que era a grande e verdadeira obsessão.

O e-mail do seu amigo fora profético:
VIVER É PERIGOSO. VOCE PODE MORRER!

ESTELA

Estela não é nome de mulher, moça, criança, nem de boneca. Trata-se do nome da cachorrinha da neta. A família foi contra: nomes de pessoas em animais não soam bem.

— Por que não pode se chamar Violeta, como era a sua opção dias atrás? — perguntou a mãe.

— Mudei de ideia — disse Luíza.

Não adiantaram todos os argumentos contra. Teimosa precoce para os seus 11 anos, bateu o pé:

— Vai chamar-se Estela e pronto!

Quando Estela chegou à casa da família, já tinha quatro meses. Era uma cachorrinha muito bonita, da raça Lhasa: pelagem branca com manchas castanho-claras, quase amarelas, orelhas castanho-escuras, uma cauda muito branca, quase do tamanho do corpo, e olhos vivos que demonstravam docilidade.

Foi comprada em uma loja renomada, com certificado de garantia e com todas as vacinas indicadas. Junto com o animalzinho, veio o "enxoval" completo: cesto para dormir, manta com desenhos coloridos, potes para ração e água, pacotes de ração adequada à sua idade, brinquedos. O pai pagou uma nota. Foi presente de aniversário para a filha.

Estela tornou-se o centro da casa: alegre, amável, brincalhona. Bem tratada e com muito carinho, desenvolveu-se rapidamente.

Cerca de três meses após, os pais levaram-na para uma consulta de rotina. A veterinária, prima de sua mãe, deu o parecer:

estava com excelente saúde. Entretanto, seu olho clínico notou um detalhe: a Estela não era Lhasa pura, mas, sim, uma mistura com Pequinês. Essa era uma verdadeira surpresa!

O pai retornou à loja. O proprietário pediu desculpas e propôs fazer a troca. Luíza já estava enfeitiçada com a Estela e não aceitou a permuta:

— Prefiro uma mestiça de que gosto do que um sangue puro de que talvez eu venha a não gostar.

Assim, a Estela ficou incorporada definitivamente à família. Inteligente, esperta, manhosa, gostava que alisassem o seu pelo. Sempre dava o alerta quando as visitas ainda estavam saindo do elevador.

A família tinha um cantinho alemão na copa. Nos três lados, havia uma bancada recoberta de corino vermelho, encostada na parede. Estela era a primeira a ocupar espaço, com as suas patas sobre a mesa. Parecia entender a conversa e considerar-se um membro da casa.

No fim de ano, o pessoal todo foi junto para a praia: os avós maternos, os tios, Luíza, seus pais e, como não podia faltar, a Estela, que foi no colo da mãe. Por precaução, tomou um comprimido de Dramin contra enjoo. Os avós foram apertadinhos no banco de trás, junto à "mudança" da cachorrinha.

Luíza foi no carro do tio, junto da parafernália de praia.

No apartamento, a cestinha da Estela ficou na área de serviço. O local para suas necessidades ficou no piso da lavanderia. Dava um trabalho, pois, além de esparramar os jornais, sujava as patas e levava o xixi para a cozinha e para a sala. Era preguiçosa: não gostava de andar. Ao ver a coleira, procurava esconder-se. Não gostava também de ficar sozinha. Certa vez, latiu tanto que os vizinhos reclamaram ao síndico. A partir dessa data, sempre ficava alguém em sua companhia.

No decorrer dos anos, a Estela não perdia uma temporada de praia, mas sempre dando trabalho.

Certa vez, o avô de Luíza, Carlos, teve a ideia de deixar a Estela na casa da diarista, que se prontificou a hospedá-la. Luíza foi categórica:

— Sem ela, não vou!

Algum tempo depois, o avô recebeu um folder sobre um Hotel para cachorros: ambiente ensolarado, gramado, ração balanceada, água mineral, espaços separados para machos e fêmeas e uma subdivisão por tamanho. Dois itens chamaram sua atenção:

1. Descontos especiais para animais mestiços que foram comprados como se fossem de raça pura, a fim de compensar o valor pago.

2. Noções básicas de inglês para o cãozinho.

Pensou na neta dando comando em outra língua, e a Estela entendendo. As amigas ficariam impressionadas!

Resolveu conhecer o Hotel, pois não era longe, ficava em uma chácara na Borda do Campo. A vantagem: era no caminho para a praia. O ambiente realmente chamava a atenção. Foi recepcionado pelo Sr. Souza, que, gentilmente, mostrou todas as instalações.

Ambos estavam sem pressa. Começaram a conversar. O Sr. Souza disse que o Hotel pertencia a sua filha, que desejava oferecer um serviço diferenciado para os "hóspedes". Informou, na verdade, que ele trabalha em uma fábrica de rações, testando a palatabilidade do produto, a fim de ser bem aceito pelos consumidores, ou seja, os cães e gatos. E frisou:

— O departamento de produção é outro! Eu apenas experimento!

Ao final, o avô preencheu um cadastro e conseguiu um desconto extra, que ia além do previsto pela mistura de raça.

Quando retornou, o difícil foi convencer a neta. Não foi nada fácil, mas conseguiu.

Na descida para a praia, deixaram a Estela no Dog's House. Estela ficou com aquele olhar triste, acompanhando o veículo desaparecer na estradinha rural.

Os avós gostaram de viajar sem a Estela. Sobrou mais espaço no carro para eles.

A temporada sem a Estela foi tranquila, sem sujeira, todos saindo ao mesmo tempo, sem a necessidade de passeios alternados. Um parêntese: no ano anterior, ao andar no calçadão da praia, um grupo de moças pediu para fotografar a cachorrinha. Uma delas disse:

— Nunca vi uma cauda tão bonita como esta. Ela parece feita de flocos de neve!

No dia 10 de janeiro, foi o fim da temporada de praia da família. No retorno para a casa, a primeira parada: apanhar a Estela. Todos estavam com saudades e muito ansiosos para revê-la.

Ao sair da rodovia e entrar na estrada, era possível enxergar um aglomerado de carros em frente ao hotel. Ambiente triste, pessoas chorando, conversas em tom elevado, quase aos gritos. Luíza, a mais ansiosa da família, desceu rapidamente. Queria saber o que estava acontecendo.

Uma senhora falou:

— Assaltaram o Hotel nessa noite e roubaram os cachorros!

Luíza desmanchou-se em choro:

— A minha Estela! Eu quero a minha Estela!

O Senhor Sousa estava na portaria prestando as informações:

— Um grupo armado invadiu o hotel em torno das três horas da manhã. Trouxeram **caixas porta-cães** e levaram os menores animais, cerca de 15. A polícia está à procura dos criminosos, mas não há pistas até o momento.

Infelizmente, a Estela estava no grupo!

O roubo da Estela causou uma comoção a todos. A cachorrinha era considerada quase uma pessoa da família. Os mais tristes eram a neta e o avô, esse por considerar-se culpado, afinal, foi dele a ideia de hospedar a "fera".

Dois dias se passaram da pior maneira possível. Não se falava senão sobre o roubo. A tristeza abateu-se sobre todos.

No terceiro dia, o avô recebeu um chamado diferente. A voz do outro lado pediu para ele confirmar seu nome.

— Sim, sou o Carlos — respondeu.

A voz continuou:

— Conseguimos seu telefone no cadastro que o senhor fez na Dog's House. Estamos de posse da sua cachorrinha. Queremos um resgate de R$ 5 mil para libertá-la.

Carlos levou um susto, mas ficou feliz. Havia a possibilidade de reaver a Estela. Entretanto, o valor estava acima de suas posses, já que ele era simplesmente um aposentado do INSS. O valor disponível tinha sido gasto na praia. Tentou reduzir o valor. Explicou sua situação, que não tinha o dinheiro. Teria que fazer um empréstimo consignado em 36 meses. Explicou que estava com 79 anos e talvez morresse antes de quitar a dívida. "Chorou" mais um pouco. Conseguiu um desconto de R$ 1.500,00.

Perguntou ao raptor:

— A cachorrinha realmente vai ser entregue?

O outro lado da linha confirmou:

— Claro! O que vamos fazer com os cachorros? Nós também gostamos de animais. Somos incapazes de maltratá-los.

Essas palavras deram-lhe tranquilidade. Pediu um prazo de três dias para conseguir o dinheiro. Correu em uma financeira e contraiu uma dívida a ser paga em 24 meses. Afinal de contas, a alegria da neta valia isso.

Combinou o ponto da entrega do resgate com o compromisso de que a cachorrinha seria devolvida, em 24 horas, em local a ser avisado previamente.

Carlos cumpriu a sua parte e ficou esperando. Não saiu do lado do telefone. O tempo não passava. Foi um verdadeiro suplício.

Na manhã seguinte, às 10 horas, chegou um adolescente de bicicleta, com uma caixa nas costas, dessas de entregas diversas.

— É da casa do seu Carlos? Um homem parou-me na rua. Entregou-me esta caixa e disse que eu ganharia R$ 50,00 pela encomenda.

Era uma caixa dessas de transportar animais. O avô deu um amplo sorriso ao ouvir um latido conhecido: lá estava a Estela. Apanhou-a rapidamente e deu ao garoto uma nota da "oncinha".

Correu o mais rápido possível para a casa da neta. Foi uma verdadeira festa.

No domingo, a família fez um churrasco para comemorar o retorno da Estela.

Não poderia faltar o seu pedaço favorito: "borboleta" malpassada!

O PRESENTE DE CASAMENTO

Todo casamento requer um planejamento antecipado para que tudo ocorra bem no dia mais importante dos noivos, no qual farão juras de amor eterno. Esse dia deve ser perfeito!

Há problemas a serem resolvidos: o vestido da noiva — alvo de todas as atenções —, a decoração da igreja, o local da recepção, os músicos, o fotógrafo, os padrinhos, entre outros detalhes. Enfim, com pequenas variações, o protótipo de um casamento padrão, em qualquer lugar, incluindo na cidade de porte médio, no interior do Paraná, onde moravam os noivos.

Valter e Efigênia já tinham tudo organizado, incluindo viagem de núpcias e a montagem da futura residência. Os móveis já estavam comprados e faltava somente recebê-los. Na cozinha, apenas os armários estavam prontos. Não havia mais nada, nenhum eletrodoméstico, nem quaisquer outros objetos necessários para o dia a dia de uma casa. Os noivos resolveram aguardar os presentes de casamento e depois comprariam o que faltasse.

Restava elaborar a lista de convidados com a devida antecedência. Os noivos eram de famílias tradicionais da cidade, quase pioneiros. Valter era filho de Eduardo e Vilma; ele, um grande produtor rural. Efigênia era filha de Diógenes e Araci; ele, dono de uma marcenaria que estava transformando em fábrica de móveis. Ambas as famílias tinham um amplo relacionamento na cidade. Não dava para convidar todos, então o número de convidados foi determinado pela capacidade do local onde seria realizado o evento: 250 pessoas. Alguns amigos de ambos os lados ficaram de fora, o que, sem dúvida, deve ter causado alguns ressentimentos.

Enfim, todos estavam felizes, com exceção de Diógenes. Ele manteve em segredo a sua situação financeira. A implantação da fábrica de móveis estourou o seu orçamento. As dívidas estavam tirando o seu sono. No entanto, a preocupação, no momento, era a festa do casamento, tradicionalmente patrocinada pelo pai da noiva.

Quem sabe Eduardo, o pai do noivo, demonstraria algum interesse em ratear parte das despesas? Não tinha muita esperança, pois Eduardo era conhecido por ser um tremendo sovina. Mesmo assim, Diógenes resolveu fazer uma visita de "cortesia" para sondar o ambiente.

A conversa iniciou com os cumprimentos de praxe, comentários sobre o casamento em breve, a satisfação das famílias em se unirem, assuntos diversos, até que Eduardo perguntou:

— Como vão os negócios, Diógenes?

— Nada bem! A fábrica está custando-me muito mais do que o planejado, além de uma série de dificuldades. Tive que financiar um valor maior do que o previsto. Há falta de mão de obra especializada, e o fornecedor vai atrasar a entrega do maquinário. Não está fácil!

— Você está em um bom ramo, Diógenes. Em breve, a sua fábrica vai entrar em funcionamento, e o retorno é garantido!

— E os seus, Eduardo?

— Pior é impossível! A seca prejudicou a produção, e os preços desabaram. O prejuízo foi grande. Estou na esperança da próxima safra.

"Cara de pau"! — pensou Diógenes. Sabia que Eduardo estava mentindo descaradamente. Não faltaram chuvas, e os preços estavam em alta. Foi a mesma coisa que dizer: "Não conte comigo para nada"!

Não houve opção, a não ser Diógenes contratar o bufê. Afinal, seria o casamento da sua única filha. Não poderia passar vergonha.

Os noivos escolheram o cardápio.

— Parabéns pelo bom gosto — disse Júlio, o dono do bufê.

Quando Júlio forneceu o preço, Diógenes ficou quase sem ar. Não pensou que ficaria tão caro. Entretanto, sabia que não poderia decepcionar os noivos. Conseguiu um pequeno desconto. Fechou negócio com pagamento em três parcelas.

Júlio aproveitou o momento e falou:

— Uma recepção desse nível merece talheres especiais. Recebi um material novo da Alemanha e que parece feito de prata. Custou-me uma nota! Haverá um acréscimo de 10% no custo do cardápio para o seu uso. Quer dar uma olhada?

Diógenes ficou curioso. Quis vê-los. Realmente, o conjunto de faca, garfo e colher de sobremesa era muito bonito, material pesado, cabos com arabescos que pareciam uma joia. Entusiasmado, aceitou a sugestão! Ao despedir-se de Júlio, no entanto, já estava arrependido, mas era tarde demais. Sentiu-se como um indiano que se endivida até os fios de cabelo para fazer o casamento da filha.

Os preparativos para o casamento estavam em andamento. Os presentes não paravam de chegar à casa da noiva. Eram pacotes dos mais diferentes tamanhos e até mesmo autorizações para retirar eletrodomésticos nas lojas da cidade.

Finalmente, o grande dia! Apesar das tensões e das correrias, tudo correu bem. Ao término da cerimônia religiosa, os noivos dirigiram-se para o salão do evento, a fim de recepcionar os convidados.

Após os brindes tradicionais dos noivos, a equipe de Júlio começou a servir o jantar. Ele caprichou: eram só elogios!

Quase no fim do jantar, Eduardo, o pai do noivo, que já havia tomado "algumas" taças de vinho, levantou-se e falou em voz alta:

— Meus amigos, meus grandes amigos, estamos muito felizes por tê-los em nossa companhia neste dia tão importante para as nossas famílias. Nós queremos agradecer a presença de vocês, retribuindo-a com um presente. Os nossos presentes são esses magníficos talheres que estão sobre as mesas. Levem-nos para suas casas como lembrança do casamento de nossos filhos, Valter e Efigênia.

Diógenes não acreditou no que ouviu! Não podia ser verdade! A tensão foi demais. Eduardo, com a voz enrolada, típica de quem bebeu em excesso, realçou:

— Não esqueçam o presente!

Aquilo foi a gota d'água! Diógenes caiu debruçado sobre a mesa. O seu coração fraquejou. Teve de ser levado às pressas para o hospital. Na saída, um grupo de amigos disse:

— Força, Diógenes! Volte logo! Conte conosco para acertar as contas com aquele fanfarrão safado.

Seja para uns, seja para outros, foi um presente de casamento inesquecível!

O SEGREDO

Alfredo passou dois dias angustiado com uma dúvida: contaria ou não o acontecimento de quinta-feira à noite para a sua mulher, Laura, com quem estava casado há mais de 35 anos?

Devido à convivência de longa data, tinha certeza de que ela não gostaria nem um pouco. Apenas não imaginava qual seria a intensidade da reação. Talvez levasse o caso para os filhos. Pensou bem! Em nome da harmonia da família, guardaria para si esse acontecimento fora do comum, que raras vezes acontece na vida de uma pessoa.

Os dois, marido e mulher, eram completamente diferentes, cada qual com suas personalidades próprias. Ele poderia ser considerado um chato, mal-humorado — como bem o chamou sua filha — ou um desligado do mundo, como sua mulher o considerava.

Esquecia tudo: o sapato, a aliança, a calça que usou no dia anterior. Ao sair de casa, já na garagem, percebia que não trouxera a chave. Ia ao banco pagar os boletos, mas esquecia o envelope em casa. Não se recordava de tomar os remédios de uso contínuo. Não se lembrava de apagar as luzes e, às vezes, até as torneiras ficavam abertas. Chegou até mesmo a sair com meias de cores diferentes. Saía com dois telefones, pensando que um era a carteira. Esses eram apenas alguns casos, mas havia muito mais!

Laura fazia-o lembrar seus esquecimentos, às vezes, com paciência; em outras, nem tanto. Estava sempre preocupada com a saúde da família. Os menores sintomas não lhe passavam despercebidos. Ela tinha uma percepção quase extrassensorial: bastava olhar para o marido, para os dois filhos ou para os três netos para notar que havia alguma anormalidade.

Alfredo tinha consciência quando errava. Voltava atrás e consertava seus "desligamentos". Essa sua atitude lhe dava tranquilidade. Certa vez, leu um artigo, de um neurologista famoso, no qual estava escrito que as pessoas com problemas mentais achavam que estavam sempre certas, que não reconheciam seus erros e que tinham a certeza de que os outros é que estavam sempre errados.

Vamos agora aos fatos em si. Chega de conversa paralela!

Gilberto, o genro, pediu para guardar seu carro na casa do sogro por alguns dias. Alfredo tinha duas vagas de garagem em linha, ou seja, uma atrás da outra. Gilberto colocou o dele na área posterior, pois não iria usar o seu automóvel por um longo tempo.

Ao manobrar o carro para estacioná-lo na parte anterior, Alfredo encontrou dificuldades para entrar na vaga. Fez três ou quatro manobras quando geralmente fazia apenas uma. "Não deveria acontecer isso", pensou.

Terminou a manobra, fechou o carro. Foi quando notou que o genro ainda estava na pista de circulação. Tinha se esquecido de levá-lo para casa. Um vexame!

— Vou de Uber — disse Gilberto.

— De jeito nenhum. Desculpe-me! A prisão em que estamos vivendo nesta pandemia deixa a gente desorientado. Faço questão de que vá comigo!

Ao ligar a chave de ignição, Alfredo sentiu que alguma coisa não estava bem consigo. Algo estava errado!

Ao passar pelo portão da garagem, ouviu um leve barulho. Não deu importância. Na primeira esquina, notou que o espelho retrovisor da esquerda não oferecia visão, pois estava voltado para a lateral do veículo. Tinha sido deslocado no momento do "barulho".

Alfredo, dentro do carro, não conseguiu posicioná-lo no lugar. Um problema tão pequeno! Gilberto desceu e, com um simples toque, colocou-o no lugar.

Fato insignificante resolvido, seguiram em frente. Alfredo notou que as ruas estavam mais escuras do que o comum. Ficou em dúvida: algumas lâmpadas estavam queimadas, ou a luz do carro estava fraca? Não deixou de observar que todos os veículos que vinham em sentido contrário estavam com a luz alta, alguns até simultaneamente usando faróis de neblina, apesar de o tempo estar seco. Estranhou e dirigiu com mais cuidado.

Gilberto estava calado. Alfredo pensou que o rapaz estava sentido com o seu esquecimento. Ele morava a 10 quadras de distância, na Avenida Iguaçu. Minutos depois, Alfredo estacionou em frente à casa do genro.

Gilberto, sem muito entusiasmo, convidou-o para entrar e tomar uma cerveja, mas não havia clima para isso.

— Obrigado — agradeceu Alfredo.

Alfredo teve dificuldades de sair do acostamento para entrar na pista de rolamento da avenida. As luzes, vindas de trás, embaralhavam sua visão. Apenas nesse instante é que se deu conta de que estava sem os óculos. Pior que isso: havia dirigido o tempo todo sem eles!

Sentiu-se acordando de um pesadelo. O susto foi enorme: tremedeira, falta de ar, suor frio, quase desfaleceu. Respirou fundo várias vezes até se recuperar. Procurou nos bolsos. Não os encontrou. Havia esquecido os óculos em casa!

— Graças a Deus não causei nenhum acidente. E agora? — perguntou para si mesmo.

Alfredo pensou: "Se foi possível vir, vai ser possível voltar".

Dirigiu lentamente, quase atrapalhando o trânsito. Ouviu várias buzinadas e ofensas. O retorno dava a impressão de ter o dobro de distância da ida. Foi um alívio quando chegou à casa. Entrou devagarzinho. Laura estava assistindo à sua novela preferida. Não notou a cara pálida nem o suor escorrendo pelo rosto do marido.

Alfredo deu um sorriso quando viu seus óculos em cima da escrivaninha.

Foi rapidamente tomar um banho e, em seguida, caprichou na dose de uísque para acalmar os nervos.

Depois de pensar nos prós e contras, resolveu ficar com o segredo. Era melhor ninguém saber de sua irresponsabilidade.

Domingo à tarde, três dias depois, o casal foi visitar a filha e os netos.

Gilberto não estava em casa. Fora assistir a um jogo de futebol com o seu pai.

Em certo momento da conversa, a filha repassou à sua mãe a conversa que teve com o marido dias atrás:

"O seu pai não deve mais dirigir à noite. Passei medo quando ele me trouxe esta semana. Ele precisa ir ao oftalmologista" e brincou: "Até parecia estar sem óculos!"

Laura ficou com as orelhas em pé. Afinal, tinha acompanhado o marido um mês atrás à ótica, com a receita do médico, para encomendar as lentes e escolher o modelo da armação para os óculos. Ergueu as sobrancelhas e lançou para Alfredo um olhar de questionamento.

Ele levantou os ombros, com a aparência de um mártir.

Para Laura, que o conhecia bem, foi o suficiente!

— Não acredito! Será possível o que eu estou pensando?

Duas considerações finais: uma afirmação e uma dúvida.

Afirmação: não há segredos para sempre. Às vezes, eles são descobertos rápido demais!

Dúvida: não se sabe o que aconteceu com o Alfredo quando chegaram em casa. Mas não deve ter sido boa coisa!

PARTE II.

AS CRÔNICAS

A ÁGUA

Numa segunda-feira pela manhã, nos elevadores do Edifício Rio Iapó, localizado na Rua República do Uruguai, Bairro Água Azul, na cidade de Borda do Pinhal, apareceu um edital convocando os condôminos para uma reunião extraordinária. Citava apenas "Assuntos Gerais". A presença de todos era indispensável, realçava o síndico, Sr. José Silva.

No dia da reunião, o porteiro interfonou a todos os 40 apartamentos, ratificando o convite. Um detalhe: era início de fevereiro, quando ainda não estavam em vigor o confinamento e a obrigatoriedade do uso de máscaras.

No dia e na hora marcados, o salão de festas estava cheio, com presença superior a 80%.

O termo "Assuntos Gerais" poderia ser um eufemismo para "chamada de capital", tema que causa arrepios a todos, só de se pensar nele.

O síndico abriu a sessão, agradeceu a presença de todos e começou a expor o assunto.

— Com toda a certeza, vocês têm acompanhado, pela TV, as notícias sobre os índices de chuvas nos últimos meses. Caíram, em nossa cidade, apenas 20% do normal. Os reservatórios estão em níveis baixos, e nós sabemos que o outono e o inverno são meses de pouca precipitação. Nosso consumo mensal de água é de aproximadamente mil metros cúbicos, ao custo de R$ 10.000,00. —
E prosseguiu: — Se dividirmos esses números por 40 apartamentos,

teríamos 25 m³, ou seja, 25 mil litros por mês para cada unidade. O valor corresponde a R$ 250,00 para cada uma. Entretanto, não é o valor que me preocupa, mas sim o consumo. Nós apenas damos o devido valor à água quando ela falta. Notamos que já está havendo um racionamento, branco ou brando, não sei o termo correto, que deve continuar até o verão. A minha proposta, e o motivo único desta assembleia, é fixarmos uma meta de reduzir em 10% o nosso consumo. Trata-se de um índice modesto, que poderemos alcançar com a colaboração de todos. Cada um sabe como fazer. Lembram-se quando Hugo Chaves, Presidente da Venezuela, chegou a sugerir que o banho deveria ser de no máximo três minutos? Sim! Três minutos! Não vamos chegar e esse extremo, mas cada família encontrará uma solução.

Resumindo, a proposta foi aprovada, e a nova avaliação seria feita na próxima fatura da Aguapar. Assim foi.

Um mês depois, o síndico marcou não uma assembleia, mas uma simples reunião para informar o resultado:

— Senhores, conseguimos reduzir o consumo de água em 20% sobre o mês anterior. Nossa conta de água foi de 800 m³. Conseguimos reduzir o consumo em 200 m³. Parabéns aos senhores! Isso representa 5 m³ por apartamento, ou seja, 1,25 m³ por morador, considerando-se uma média de quatro pessoas por unidade.

Palmas, cumprimentos. Alguém sugeriu: "Vamos comemorar!". Aplausos. O síndico, sensibilizado, falou:

— Os salgadinhos serão por minha conta. O meu primo tem uma confeitaria e vai fazer-me um precinho camarada.

Outros disseram: "Vou trazer um barrilzinho de chope"; "Vou trazer uma garrafa de uísque"; "Vou trazer refrigerantes"; "Vou trazer os ingredientes para a batidinha". Outro, mão aberta, prontificou-se a trazer um pacote de gelo: "Três quilos!", realçou. Era dia 12 de março, quinta-feira. Em comum acordo, marcaram a festinha para o dia 19, sexta-feira à noite. Não dava para fazer antes.

O Conselho do Condomínio tomou a iniciativa de fazer uma festa mais solene. Pediram auxílio à família do síndico, que é muito simpática. A esposa dele, uma oradora renomada, prontificou-se a fazer o discurso de saudação. A filha mais velha apresentaria um concerto de piano, e a mais nova seria a cerimonial.

Nesse intervalo, no dia 16 de março, segunda-feira, começou, no Paraná, o confinamento das pessoas, como medida preventiva, no combate ao Coronavírus. Óbvio que a confraternização foi adiada para uma data oportuna.

Fim do "causo"?

Não, houve um desdobramento imprevisto!

A Rádio Pirata começou a funcionar. Para quem não sabe, a Rádio Pirata é uma rede de informações de porteiros a porteiros. Tudo que acontece de destaque em um Edifício é repassado de imediato. O segundo passa para o terceiro, e assim sucessivamente.

O porteiro do Edifício Rio Iapó transmitiu corretamente: a festa seria para comemorar a queda no consumo de água, mas foi cancelada por causa do tal vírus. À medida que a corrente se alastrava, detalhes eram acrescidos. Essa era aquela velha história do cidadão que viu um bando de pombas negras, entre as quais apenas uma era branca. Repassada várias vezes, transformou-se em um bando de aves brancas, sendo apenas uma negra.

Não se sabe como a notícia chegou ao Edifício Vale Azul. Um dos moradores estava saindo a trabalho, quando o porteiro falou:

— Sr. Clóvis, veio uma notícia meio estranha do Edifício Rio Iapó. O Senhor, que é repórter da **Rede Esfera**, talvez possa ter algum interesse.

O dia estava fraco de notícias. Clóvis, então, resolveu ir até lá.

Conversou com o síndico, e quis saber o fato real. O síndico do Edifício Iapó explicou que simplesmente foi uma campanha que resultou na economia de 200 mil litros (falou em litros, que é mais impactante que falar em m^3) de água em um mês, sem que a qualidade de vida dos condôminos fosse prejudicada.

A notícia era simples, mas Clóvis precisava preencher o programa de hora e meia, no horário das 12. Esse era o famoso "encher linguiça". Levou ao ar. Realçou que 200 mil litros equivalem ao consumo mensal de 40 casas beneficiadas pela tarifa social da Aguapar.

O repórter não esperava tamanha reação. Recebeu centenas de telefonemas perguntando onde ocorreu, nome do síndico e seu telefone, como economizaram. Queriam fotos, endereço. Caiu nas redes sociais. Esparramou como pólvora. A provável falta de água já despertava a preocupação de todos.

No meio da tarde, o síndico recebeu uma equipe da **Rede Gatinho**, que não queria ficar atrás. Trouxeram aquela parafernália de caminhão, filmadoras sobre rodas, holofotes, além da repórter mais experiente da emissora. Vieram atrás de detalhes; entrevistar moradores; como foi a convivência com menos água; em que economizaram; se houve alteração na rotina diária etc.

A repórter lembrou corretamente: a mesma quantidade deixou de correr para o esgoto, aliviando o trabalho da estação de tratamento. Era notícia para o programa das 19:30.

Uma emissora evangélica enviou um repórter. A notícia chegou até ele de maneira um tanto distorcida: falava-se que ocorreu um "milagre da água". Voltou decepcionado.

Um espertinho veio pedir dois galões da água, o que equivalia a 12 litros. Fez um *selfie* segurando um galão, ao lado do síndico. Seu plano era vender a água "milagrosa", com certificado de origem. Tinha já calculado o lucro. Cada frasco de 20 ml seria comercializado, no terminal de ônibus da Praça Rui Gomes, por R$ 10,00. Desse modo, 600 frascos dariam a ele um lucro de R$ 6 mil. Se houvesse mais demanda, envasaria água de torneira mesmo.

O síndico recebeu vários telefonemas de colegas pedindo orientações para implantar um plano semelhante em seus edifícios. Foi convidado a fazer palestras.

Dias depois, a Aguapar divulgou uma nota louvando a iniciativa do Edifício Rio Iapó e recomendando que servisse de exemplo.

O Sr. Prefeito da Borda do Pinhal realçou que foi um serviço prestado à comunidade e que deveria ser seguido.

Como se viu, uma ideia pequena e simples causou uma enorme e útil repercussão.

A água é indispensável para a vida. Economizá-la é dever de todos, principalmente em período de crise hídrica.

A OPÇÃO

Essa crônica é árida, seca, fria, aterrorizante. Se você é sensível, não leia, porque pode causar-lhe danos psíquicos irreversíveis.
Proibida para menores de 18 anos. Adequada e útil para quem tem acima de 70.
Todos sabem que a morte é inevitável. Apenas é uma questão de tempo!
Alguns a temem muito, outros, menos. Há aqueles que até brincam: "Não tenho medo, apenas não tenho pressa".
Aqui não se vai falar sobre os conjuntos de fatos que envolverão a sua morte, sejam religiosos, sociais, políticos, econômicos ou (muitos) outros. Serão apresentados argumentos para você escolher qual o destino a dar ao seu corpo, após a morte.
No entanto, existem apenas duas opões: o sepultamento ou a cremação. As exceções são raríssimas, por exemplo, destinar o corpo ao estudo da Medicina.
O sepultamento é o processo mais antigo. O homem da Pré-História já sepultava seus mortos. Não queriam que os entes queridos fossem devorados por animais.
No decorrer do tempo, os sepultamentos foram tendo não uma evolução, mas uma transformação. Havia monumentos para reis, imperadores, generais, heróis nacionais e outros semelhantes; porém, às pessoas comuns, a vala simples lhes é destinada.
Com o advento do cristianismo, os corpos foram sepultados ao redor das igrejas. Quando ocorreu a grande peste na Europa,

em meados do século XIV, a quantidade de pessoas mortas eram tantas que não houve alternativa, a não ser criar o esboço do que veio a se chamar cemitério.

No início da Idade Moderna, começaram a aparecer as capelas mortuárias, quase monumentos, como se observa em vários exemplos no Cemitério Municipal de Curitiba.

O ritual pouco se alterou no decorrer do tempo: o velório, reunião de amigos e parentes; o choro dos familiares mais próximos; as palavras de elogio ao falecido, às suas realizações e às suas conquistas; e, em seguida, o cortejo, com grande número de acompanhantes.

Em um carro fúnebre cheio de coroas, o corpo será levado ao cemitério, onde será colocado em um túmulo. Haverá, então, despedidas, com lágrimas e flores, que encobrirão totalmente a lápide. Uma curiosidade: a palavra "cemitério" vem do grego *koimeterion*, que significa "dormitório".

Em poucos dias, começará a decomposição do corpo. Haverá uma explosão de micro-organismos que vão se alimentar dos restos mortais. A decomposição libera substâncias poluentes que afetam o lençol freático e que contaminam a água e o solo. Em meses, só restarão os ossos.

O seu túmulo, outrora tão florido, em breve, receberá apenas a visita mensal do cônjuge. Essas visitas irão se espaçado até ele (ou ela) também falecer. Os filhos estarão sempre ocupados. Talvez façam uma visita no aniversário de seu falecimento. Se os filhos têm memória curta, a dos netos é ainda pior!

No decorrer do tempo, o túmulo ficará abandonado. Uma pessoa, anônima e piedosa, colocará uma simples flor sobre ele e fará uma prece para sua alma. Fim.

A cremação é a segunda alternativa. Ela já era praticada pelos gregos e romanos na História Antiga. Hoje, é dominante na China, na Índia e em alguns outros países do Oriente. A Igreja Católica só passou a admiti-la a partir de 1964. Ela mantém a orientação de que as cinzas sejam tratadas com o devido respeito.

O seu corpo, após o velório tradicional, será levado ao crematório. Você escolhe (ainda em vida, é óbvio) a música preferida a ecoar no ambiente. Pode ser *Jesus, alegria dos homens*, de Bach; ou, quem sabe, uma canção dos Beatles que alegrou a sua juventude; talvez a música de quando conheceu a sua mulher, ou o seu marido. Quem sabe a música do seu casamento. Enfim, qualquer uma de sua preferência.

Suas cinzas serão entregues, a critério da família, dentro de uma urna, que pode ser desde porcelana chinesa até um vaso comum. Elas estarão absolutamente puras, sem metais oriundos de próteses ou de implantes dentários. Em sua composição, haverá quase que apenas cálcio e fósforo, e talvez alguns traços de potássio.

Você indicará o destino de suas cinzas: podem ficar no jardim de sua casa; no parque de um santuário; elas podem ser lançadas ao mar; ou, preferencialmente, ficar à sombra de uma árvore. Os elementos químicos não se decompõem, eles reagem. O cálcio pode transformar-se em carbonato, mas sempre terá cálcio em sua composição. O fósforo, a mesma coisa, tendo a vantagem de que será fosfato de cálcio. Ambos os elementos são indispensáveis às plantas.

Partículas, mesmo pequenas, de suas cinzas serão sugadas pelas raízes, levadas ao alto como nutrientes e incorporadas às folhas, por meio do milagre da fotossíntese. Em cada parte da árvore, você estará presente, mesmo em fração ínfima, microscópica.

Os galhos abrigarão os ninhos das aves. As folhas serão acariciadas suavemente pela brisa da manhã. A árvore toda receberá a dádiva da chuva. Ao menos uma nanopartícula sua estará presente no perfume das flores e na beleza dos frutos.

Amigo desconhecido, a OPÇÃO é sua: sepultamento ou cremação. Escolha em vida! Se não o fizer, outros decidirão por você!

E quando chegar a sua hora, tenha uma boa morte! Não estranhe esses votos. Ter uma boa morte é uma benção! Tem até O protetor: o Nosso Senhor do Bonfim.

A ROSA VERMELHA

Vai ter baile, dia 25, na Jacutinga! A notícia se esparramou como pólvora. Em meados dos anos 1960, a comunicação era verbal, repassada de boca em boca, e funcionava.

Jacutinga era um pequeno bairro que se encontrava a 12 km da sede do município, Colina Alta, situado então entre os denominados Norte Novo e Norte Pioneiro. Seu nome originou-se da ave também chamada de "peru do mato". Essa era de grande porte, podendo alcançar 70 cm de altura. Sua carne era muito apreciada. As jacutingas viviam em grande número nas matas que, depois, foram derrubadas para o plantio de café. Hoje, estão quase extintas e apenas são encontradas em cativeiro.

A modesta Jacutinga era constituída por uma escola primária; uma capela com missa quinzenal; um salão paroquial; uma venda de secos e molhados e de bebidas nacionais e estrangeiras, como se dizia antigamente; um armazém para compra de café e cereais; e um campo de futebol.

Jacutinga, entretanto, tinha vida. A cultura de café necessitava de muita mão de obra. Ao seu redor, havia cerca de 10 sítios e várias fazendas, com centenas de moradores, entre proprietários, colonos e trabalhadores avulsos. Esses eram paulistas, mineiros, nordestinos. Havia também descendentes de portugueses, italianos, alemães e japoneses. O Norte do Paraná era, naqueles anos, uma síntese da população brasileira.

A ideia do baile foi do Zé Lourenço, diretor do Paineira Futebol Club, o pior time do quadrangular. Era não só o pior tecnicamente, mas também na aparência: camisas desbotadas, golas esgarçadas, chuteiras surradas e bola (no singular) com mais remendos do que couro, um vexame!

O baile poderia gerar recursos extras para a compra de um uniforme novo, bonito, daqueles que disputavam o campeonato paulista, o que até poderia melhorar o conceito do time. Talvez pudessem usar o uniforme do Palmeiras, já que o nome era parecido: roupa nova, novas perspectivas. O momento para o baile não podia ser melhor: fim de julho, término da colheita de café. Todos tinham uma graninha.

O sanfoneiro era seu primo. Ele não era lá grande coisa, mas tinha uma vantagem: nada cobraria! Zé Lourenço armou uma cobertura de 200 m² com dois encerados da marca Locomotiva sobre um terreirão onde secava o café; trouxe bancos para as damas se sentarem; oito lampiões a carbureto para clarear o ambiente; organizou um bar equipado com pinga, cerveja, cinzano, jurubeba, batidas de todo tipo da famosa marca Asteca, de Presidente Prudente. Não esqueceu o cravo, o qual daria uma porção grátis para cada dose consumida, a fim de disfarçar o "bafo de onça".

Acreditem: nos anos 1950, a cerveja vinha em sacas de juta com 24 garrafas. Essas eram embaladas uma a uma com palha de arroz em forma de cone.

Enfim, chegou o grande dia. As moças foram com seus melhores vestidos; os rapazes, com roupas bem passadas, cabelos fixados com Trim. ou Glostora. O pessoal ia chegando, cada um com suas perspectivas.

Mário da Silva tinha a sua. Mário era mineiro, moreno claro, forte. Mãos hábeis para colher café, um dos melhores da região. Além disso, era bom jogador de futebol. Os amigos diziam que ele deveria fazer teste em time de São Paulo. Mário tinha sim a sua expectativa: dançar ao menos uma música com a Ivone, filha do administrador da Fazenda Taquaruçu. Ele tinha bom gosto. A moça era mesmo muito bonita: morena, cabelos castanhos levemente ondulados, pele lisa como uma maçã, sempre com um sorriso nos lábios salientes.

Começou o baile. O sanfoneiro tocava as músicas da época, geralmente sucessos transmitidos pela Rádio Bandeirantes. Mário tinha um inconveniente: era tímido. Quando levantava para pedir a moça a dançar, outro já tinha ido. O famoso ditado: moça bonita não fica sentada. Na outra música, hesitava, perdia a dama. Na próxima, nem tentou.

Assim continuou, até Zé Lourenço gritar: **bandeira branca**. Um lenço foi amarrado no mastro. Bandeira branca era a primeira tradição local. Nesse momento do baile, eram as moças que tiravam os rapazes para dançar: três músicas apenas. A pista ficava pela metade.

Mário fixava os olhos na Ivone, esperando que fosse notado. Só faltou dizer: "Note-me! Veja-me! Estou aqui! Não esqueça de mim!", mas nada: Ivone o ignorou em todas.

Meia hora depois, Zé Lourenço gritou novamente para todos ouvirem: **bandeira vermelha**, a segunda tradição local. Uma rosa de papel crepom seria leiloada. Quem a arrematasse teria o direito de convidar sua dama.

Começou o leilão, momento solene do baile. Os lances foram surgindo. Mário venceu a timidez e resolver participar. Os valores aumentavam sucessivamente. Num impulso, deu um lance bem alto, no limite do seu bolso. Arrematou a Rosa Vermelha e pôde finalmente dançar com a sua musa. Ao dirigir-se a ela, passou em frente ao sanfoneiro e sussurrou: dobre o tempo da música!

Mário não acreditava. Estava, enfim, dançando com a sua preferida. Sentiu o calor de seu corpo, a suavidade de seu ombro, o perfume do seu cabelo. Ivone foi apenas simpática. Isso fazia parte do jogo. Ele não, estava em outro mundo. Pôde, enfim, realizar o seu sonho. Não esqueceria jamais aquela noite.

Zé Lourenço não perdeu tempo. Na segunda-feira seguinte, no caminhão Chevrolet 51, com a diretoria do Paineira Futebol Club, foi à cidade encomendar o novo uniforme para o time. Uma parcela significativa do valor da compra originou-se da rosa vermelha!

Quando se assiste a um filme com base em fatos, é comum, após o término, o diretor informar o que aconteceu posteriormente com os personagens. Por analogia...

A pequena Jacutinga entrou em decadência com as geadas dos anos 1960, que destruíram os cafezais. Sem trabalho, os moradores tiveram que se mudar para cidades maiores, em um processo denominado "êxodo rural". Permaneceu apenas a igrejinha, ainda conservada por almas piedosas.

Seu Orlando, o vendeiro, abriu um mercadinho na periferia de Colina Alta.

O comerciante abriu uma empacotadora de cereais na cidade vizinha.

Zé Lourenço foi trabalhar de taxista em Curitiba, onde morava um de seus filhos.

Mário foi jogar em um time de futebol do interior paulista, e lá fez uma carreira. Também montou uma loja de produtos esportivos.

Ivone casou-se com um dos filhos do proprietário para quem seu pai trabalhava como administrador. Acabaram se mudando para Goiás. Há notícias de que constituíram uma bonita família e que prosperaram.

Os bailes ficarão nas lembranças de muitas pessoas. Neles, várias se conheceram, namoraram e até casaram. Já outros guardam ainda as recordações de amores não correspondidos.

A tradição das bandeiras brancas e vermelhas permanece na memória dos mais velhos, com um misto de saudade e de tristeza, de um tempo que não voltará jamais.

Em breve, não haverá nem mesmo a lembrança.

Esta crônica destina-se apenas a deixar o registro de uma época e de seus costumes, ainda que provavelmente desperte a curiosidade de poucos e talvez até mesmo a de ninguém!

O CORONAVÍRUS – A FASE INICIAL

Amigo leitor, devo uma explicação inicial. Esta crônica foi escrito no dia 2 de março de 2020 e reflete o comportamento dos moradores de Curitiba em uma época em que ainda não havia mortes na cidade.

(Hoje, 1º de julho de 2021, diante de tantos óbitos; de medidas restritivas; de isolamentos; de problemas psíquicos e financeiros de seus moradores; de estrutura hospitalar no limite; tudo isso, enfim, tornou esta história completamente superada, praticamente infantil diante dos acontecimentos do cotidiano. As transformações ocorreram com a velocidade da luz. Que esta crônica, no entanto, sirva apenas para registrar a fase inicial do "resfriadinho", pois amanhã ninguém se lembrará deste período).

Sem dúvida, a notícia predominante nos meios de comunicação era a ocorrência do Coronavírus. Estava em todos os jornais. Ocupava mais da metade dos programas da TV. Desde que começou o primeiro foco na China, só se falava nele, no seu espalhamento, no número de infectados, no índice de mortalidade. Também foi espantosa a notícia de que os chineses, em apenas dez dias, conseguiram construir um hospital com mil leitos. Não eram apenas instalações físicas, mas toda uma operação com a infraestrutura de pessoal, de equipamentos e de medicamentos.

Os apresentadores dos telejornais tinham a satisfação de informar a ocorrência do vírus em novos países, o número de pessoas infectadas e mortas, quem eram, onde moravam etc.

A maneira como alguns trabalhavam transmitia-nos a impressão de que estavam divulgando as notícias com a mesma ênfase com que informam a vitória do seu time preferido de futebol.

O telespectador queria estar atualizado. A orientação para lavar as mãos corretamente era repetida até a exaustão. No entanto, era conveniente estar atento às notícias falsas. Uma delas dizia que o álcool gel não funcionava no controle do vírus e ainda realçava: bom mesmo seria lavar as mãos com vinagre, e bochechar com cachaça ou vodca que eliminaria o vírus! Dá para acreditar?

A verdade é que o Coronavírus gerou uma psicose na população e uma imensa preocupação nos meios científicos e governamentais.

Os governos correram para dar o atendimento aos pacientes infectados e para procurar meios de evitar a propagação da doença. Os cientistas correram à procura de medicamentos que pudessem combater a doença, mas, principalmente, à procura de uma vacina para proteger a população. O descobridor ou os descobridores, sem dúvida alguma ganhariam o Prêmio Nobel; e os laboratórios, uma fortuna. Já imaginaram quanto renderá a produção de vacinas apenas para 15% da população? Um bilhão de doses! Quanto representaria em dólares?

O vírus gerou uma psicose ou uma neurose mundial. Qual denominação seria a correta? Com a palavra, os psicólogos. Eles sempre serão os profissionais adequados para dar auxílio às pessoas, que, em muitos casos, fogem da realidade.

Em consequência disso, na cidade de Curitiba, têm acontecido fatos que parecem surrealistas. A informação era da Rádio Pirata.

Para quem não sabe, a Rádio Pirata é constituída por uma rede de porteiros de edifícios que se comunicam entre si, repassando aos seus colegas fatos relevantes ou curiosos que ocorrem no prédio em que trabalham, ou foram repassados pelas diaristas (Cuidado! Essas sabem de tudo).

Essa troca de dados segue um protocolo da Rádio e funciona como se fosse *on-line*. Cada porteiro repassa a dois colegas, e assim sucessivamente. Em questão de horas, toda a cidade está a par.

Cuidado para não virar chamada urgente na Rádio Pirata. Eles sabem tudo, até mesmo o que acontece dentro dos elevadores!

Algumas pérolas que circularam naquela época:

1. Na linha de ônibus X a Y, uma passageira estava sentada ao lado de uma senhora de meia-idade. Em determinado momento, uma delas deu um forte espirro. A outra, amedrontada, levantou-se e acionou a campainha de emergência. O motorista freou de imediato. O impacto fez com que os passageiros que estavam sentados, todos sem cinto de segurança, batessem o rosto no banco da frente deles. Alguns ficaram machucados, com o nariz sangrando, e tiveram de ser levados ao hospital.

2. Na sala de cinema do shopping X, o pessoal estava tranquilamente assistindo a um filme premiado pelo Oscar. Alguns estavam comendo pipoca, bebendo refrigerante; outros, abraçados com seus pares. Em determinado instante, ouviu-se um grito aterrorizante: TEM GRIPE! TEM GRIPE! ESTE SENHOR DO BANCO DE TRÁS ESPIRROU SOBRE MIM! E saiu correndo. Meio auditório também acompanhou, e a sessão foi encerrada.

3. Uma senhora, frequentadora da missa das sete, na Igreja X, não perdia uma, mesmo se houvesse chuvas e ventania. Ao faltar dois dias consecutivos, suas amigas ficaram preocupadas. Tentaram telefonar, mas ela não atendia. Foram à casa dela. Ela atendeu o interfone, disse que estava enclausurada, que estava com medo mórbido de ser infectada pelo vírus, pediu desculpas por não as atender e disse que teria a maior satisfação em retornar à missa e fazer uma festinha, mas só quando o surto do vírus passasse (o abastecimento era feito pelo boy do mercado, que deixava as mercadorias na porta do apartamento).

4. Uma dona de casa fez as compras do mês, um carrinho abarrotado de produtos de limpeza, material de higiene e de alimentos diversos. Quando estava passando as frutas e as verduras no caixa, a funcionária deu um forte espirro. De imediato, gentilmente, ela falou: "Desculpe, não vou levar as compras, esqueci a carteira em casa".

5. Uma mulher chegou à portaria de seu prédio com as duas mãos enfaixadas. O porteiro, gentilmente, abriu a porta do elevador e perguntou o que havia acontecido. "Queimei no fogão", ela respondeu. Quando a diarista estava saindo, o porteiro (sempre o porteiro) perguntou, querendo saber os detalhes de como a patroa dela havia queimado as mãos. A resposta foi: "Fogão? Que nada! Ela lava as mãos muitas vezes ao dia e, logo em seguida, usa álcool gel. Ela faz isso tantas e tantas vezes que chegou a esfolar as mãos. Na parte superior, onde a pele é mais fina, ela teve um pequeno sangramento".

6. Na farmácia X, no Boqueirão, uma cliente estava pegando o último vidro de álcool gel, quando foi surpreendia por outra, que praticamente o retirou de suas mãos. Houve uma discussão e um empurra-empurra. Com isso, caiu uma gôndola. Curiosos se aproximaram. As pessoas que estavam chegando ficaram com medo de entrar. Especulação: "Foi assalto?", "Tinha alguém armado?", "Há feridos?", "A polícia foi chamada?". A gerente do estabelecimento, com muita paciência, conseguiu acalmar os ânimos, porém a Rádio Pirata não pôde informar como terminou o caso, porque farmácias não têm porteiro, têm seguranças!

Esses fatos demonstram até que ponto chegou a preocupação com a ocorrência do coronavírus. Com certeza, deve haver dezenas de ocorrências parecidas ou semelhantes às que citei e que demonstram até onde a paranoia chegou!

Como foi citado em algum parágrafo anterior, há um exército de cientistas e de profissionais de todos os ramos do conhecimento humano à procura de uma solução para o fim desse terrível vírus. Eles fazem uso do que há de mais moderno nos ramos da genética, da microbiologia e de seus desdobramentos, o que foge à imaginação do cidadão comum.

Houve descobertas importantíssimas que ocorreram na História quase que por acaso e a partir de pequenas observações. O fato todos conhecem: em 1928, o médico e bacteriologista Alexander Fleming estava estudando substâncias capazes de combater infecções em feridas. Ao sair de férias, esqueceu seu material de estudo sobre a mesa. Ao retornar, observou que algumas culturas estavam contaminadas por mofo, mas que havia um halo transparente que poderia indicar alguma substância bactericida. A partir dessa observação, continuou seus estudos e chegou à penicilina, medicamento que revolucionou a Medicina.

Esses grandes pesquisadores poderiam lançar um canto de seus olhos para os moradores de rua, que vivem em condições adversas. Dormem, mesmo no inverno, quase a céu aberto, tendo como teto apenas uma marquise. O cobertor é tão pequeno que os pés ficam para fora. Estão expostos à chuva, ao vento, e, às vezes, dormem molhados, por maldade humana, quando têm água jogada sobre si.

Como agravante, alguns procuram no lixo sua comida. É comum ferirem as mãos em latas enferrujadas, cacos de vidro, pontas de facas e uma série de materiais cortantes, inclusive agulhas que deveriam ser recolhidas como lixo hospitalar. São fatores como esses que abrem espaço para a entrada de todo o tipo de doenças infectocontagiosas. Não podemos esquecer o contato com ratos e com suas pulgas. O cachorro, seu amigo inseparável, vira-lata puro, tem toda a gama de zoonoses. No entanto, apesar de todas essas condições sub-humanas de alimentação, de higiene, de falta de medicamentos e de assistência médica, eles resistem. Eles vivem!

Seu sistema imunológico deve ser muito desenvolvido para suportar tantas adversidades. O seu sangue deveria ser pesquisado. Uma, dez, cem, mil análises. Deveriam colher material em vários países onde ocorre a epidemia.

Quem sabe, com isso, não encontrão o anticorpo dourado que vencerá o Coronavírus?

E ASSIM....

A família toda estava reunida para o almoço de domingo. Os avós; o filho, a nora e o neto; a filha, o genro e as netas. Cardápio: o tradicional churrasco.

Local: a casa da filha, situada a meia distância das demais. Além disso, o marido dela era um assador de mão cheia.

O churrasco é quase um ritual: a conversa descontraída, os aperitivos variados, a beleza da mesa com os acompanhamentos preferidos de cada família, o cheiro da carne assando, o reforço da caipirinha. Tudo isso colabora para um ambiente agradável.

Não vou entrar em detalhes sobre o churrasco para que o leitor não fique com água na boca. A verdade é que não perdia em nada para as melhores churrascarias da cidade.

Após a sobremesa e o licor Cointreau, o assunto que se tornou o centro das conversas não poderia deixar de ser a pandemia e o confinamento. Cada um expôs, ao seu modo, como estava convivendo com o isolamento e com as consequências dele.

O avô começou:

— Eu tinha dois apartamentos alugados para complementar a minha magra aposentadoria do INSS. Os inquilinos saíram e sobrou para eu pagar os condomínios. Cortei um monte de despesas, inclusive as do jogo do bicho diário, que era o meu passatempo preferido.

A avó disse:

— Não aguento mais ver esse velho rabugento reclamar o dia todo!

O filho, na sua vez, falou:

— Minha loja no shopping está fechada há três meses. Não tenho receita, apenas despesas.

A nora complementou:

— Sou fonoaudióloga, e os meus clientes sumiram!

O genro reclamou:

— Na minha padaria, as vendas caíram 50%. Onde já se viu? Um produto de primeiríssima necessidade! Dá apenas para manter funcionando. Lucro, nem pensar.

A filha complementou:

— A empresa em que trabalho reduziu as despesas. Estou trabalhando em casa por videoconferência. Além disso, tenho que suportar o mau humor das minhas filhas.

A neta mais velha, Dione, não ficou de fora:

— Para mim, também está difícil: não posso conviver com minhas amigas, ir a festas. Passei no vestibular, mas não tenho ideia de quando as aulas vão iniciar. Estou presa nesta casa, esperando que as coisas se resolvam. Sinto-me igual a uma prisioneira que cumpre pena em domicílio. Só falta a tornozeleira! — E continuou: — O ambiente aqui está muito deprimido. Até parece o muro das lamentações! Só falta a cachorrinha Zoé chorar! Vou descontrair o ambiente!

Foi buscar uma prancheta, algumas folhas de papel sulfite e um lápis.

Em pouco tempo, fez a caricatura de cada um dos presentes, retratando alguns com traços cômicos e outros com as preocupações de seus semblantes.

Essas caricaturas tornaram as conversas mais alegres. Cada qual queria ver a do outro. Alguns gostaram, outros não. A verdade é que Dione desenhava bem, tinha habilidade para fazer caricaturas. Ela sabia captar os sentimentos e os semblantes de cada pessoa.

A tarde foi chegando ao fim, e cada um retornou à sua casa.

Alguns dias depois, Custódio, o avô, lembrou-se dos desenhos da neta e resolveu falar com ela.

— Dione, por que você não aproveita o dom que tem? Esta semana a Prefeitura vai reabrir a Feira do Largo da Ordem. Você poderia sair de casa, respirar ar puro, conversar com pessoas e expor o seu trabalho e, quem sabe, até faturar uma graninha! A feirinha do Largo da Ordem, ao lado da Praça Garibaldi, está sempre repleta dos mais diferentes artistas: pintores, talhadores, escultores, tecelões, ceramistas, bordadeiras, gravadores e outros. Afinal de contas, Curitiba é uma cidade reconhecida por sua Cultura, e você poderia dar sua contribuição com as caricaturas. Precisaria simplesmente de duas cadeiras e uma banqueta para alojar seus materiais. Em qualquer lugar, você se acomoda!

— Nem pensar! — respondeu Dione. — Não é o meu ramo. Vou iniciar o curso de Estatística quando passar a pandemia. Além do mais, não conheço ninguém. Vou ficar como uma estátua, às moscas, vendo o tempo passar.

O Custódio falou:

— Você terá ao menos dois conhecidos: seus avós!

De tanto que o avô insistiu, Dione concordou:

— Não tenho a perder; ao menos saio de casa. Mas quanto vou cobrar por cada caricatura?

— Pergunte ao seu pai. Ele tem uma, na sala, que ele fez em Florianópolis, há meses. E cá entre nós, essa dele deixa muito a desejar!

Domingo cedo, na hora marcada, os avós apanharam a neta. Levavam duas cadeiras de metal dobradas e uma placa (daquelas que indicam piso molhado) contendo uma cartolina fixada com a palavra "Caricaturas". Chegaram cedo. Dione encontrou um bom lugar. Montou seu "ateliê".

Não demorou muito, chegou o primeiro interessado.

— Moça, você faz caricaturas? Poderia fazer a minha com traços alegres? Quero dar de presente para a minha filha.

Em dez minutos, estava pronta. O cliente elogiou o desenho. O avô, discretamente, falava com algum transeunte:

— Você conhece os desenhos daquela moça? Vale a pena ver!

Ao voltar para casa, por volta das 13 horas, Dione tinha feito oito trabalhos. Ficou animada: nada mal para o primeiro dia! Ela só não sabia que o avô pedira para cinco de seus ex-colegas de profissão que, anonimamente, fossem prestigiar a neta.

No domingo seguinte, a mesma rotina e mais dois amigos do avô! Mas houve uma surpresa: um grupo de amigas suas foram visitá-la. Formou-se uma fila, e a fila chamou a atenção. Curiosos sondaram o ambiente, deram uma olhada na caricatura que estava sendo feita e, gostando, resolveram entrar no fim da fila também.

"O dia foi proveitoso!", pensou Dione.

Quando o avô estava dobrando as cadeiras para encerrar o trabalho, chegou um senhor de meia-idade e disse que gostaria de fazer duas caricaturas suas, uma estampando um sentimento de ódio, e a outra, de ironia.

Dione achou estranho, mas atendeu ao pedido. Quando prontas, o cliente olhou-as detalhadamente e pagou-as, sem fazer qualquer comentário sobre elas. No entanto, perguntou:

— Qual o seu nome, moça?

— Dione.

— Não é um nome comum. Tem uma origem? Tem histórico de família?

— Dione, na mitologia grega, era a deusa das fadas e das ninfas. Foi minha mãe que o escolheu.

— É um nome diferente e com significado marcante. Gostei dele! Chamo-me Aristides. Você teria um cartão?

— Desculpe. Ainda não o fiz. Estou aqui só há duas semanas. Vim apenas para distrair e amenizar os efeitos do confinamento. Nem sei se vou continuar!

— Você poderia me fornecer seu número de telefone?

— Pois não. O número é ...

No decorrer da semana, os casos de Coronavírus aumentaram significantemente, e a Prefeitura interditou vários locais, inclusive a Feira da Ordem.

Dione sentiu um alívio! Poderia encerrar sua "carreira".

Aconteceu então um imprevisto. As amigas divulgaram seu trabalho pelas redes sociais. Pipocaram pedidos para fazer caricaturas as mais diversas, a partir de fotografias enviadas por e-mail.

Dione ficou espantada com o número de encomendas. Teve que trabalhar muito para dar conta!

No fim da semana, recebeu um telefonema cuja voz não lhe era familiar.

— Boa tarde, gostaria de falar com a Dione.

— Pois não. É ela mesma.

— Não sei se se recorda de mim. Meu nome é Aristides. Domingo passado você fez duas caricaturas minhas.

— Sim, estou lembrada, sim!

— Eu trabalho na Gazeta da Tarde. Meus superiores apreciaram muito seus desenhos. Gostariam de saber se você poderia fazer, semanalmente, a caricatura do ou da personagem em evidência no momento, para estampar nossas edições de domingo. Se estiver interessada, estou fazendo um convite para você vir à redação de nosso jornal para conversarmos.

Dione ficou sem palavras. Pediu um tempo para pensar. Trocou ideias com seus pais.

O curso na Faculdade é apenas de meio período. Daria para coordenar a Estatística com o desenho. Deu o retorno ao Sr. Aristides.

E, assim, nasceu uma artista!

MORTE DIGNA E MORTES CRUÉIS

Poucos acontecimentos na História causaram uma preocupação tão grande em toda a humanidade como o aparecimento do Covid-19. Nos mais diversos locais do planeta, ele surgiu como uma praga assustadora que deixa os governantes desorientados e as populações apavoradas. A sua alfange começou a ceifar vidas na distante China. Em menos de três meses, alcançou todo o mundo.

Nos meios de comunicação, em especial na televisão, a qual alcança o grande público, só se falava no terrível vírus.

Desde o presidente, os governadores, os prefeitos, os auxiliares de todos os níveis, até os vereadores de municípios perdidos no mapa; desde cientistas, pesquisadores, médicos, enfermeiros, até curandeiros do interior mais longínquo; desde diretores de banco, economistas, profissionais da área financeira, até o simples operário com medo de perder seu emprego, todos, todos, sem exceção, dirigiram suas atenções para o denominado Covid-19.

Aos apresentadores, cabe a missão ingrata de informar os números de mortos, suas atualizações, seus locais da ocorrência, o percentual de óbitos sobre os casos etc.

Esses dados frios representam uma coletividade dos falecimentos. Entretanto, cada morte é individual. Cada morte é um acontecimento único. Algumas pessoas escolhem a sua morte de maneira desprendida, abnegada, nobre. Para outras, no entanto, a morte vem de forma mais cruel.

Gostaria de destacar o caso do padre Giuseppe Beraldere, de 72 anos, da cidade de Bergamo, Itália. Hospitalizado para tratamento do vírus, ele faleceu em 23 de março, após recusar o respirador que seus paroquianos haviam comprado para seu uso. Ele o cedeu para um paciente jovem. O padre faleceu dois dias após. Foi sepultado sem velório. Seus paroquianos apenas puderam aplaudir quando passou seu corpo, como noticiou o jornal *O Estado de São Paulo* do dia 24 de março de 2020.

Essa história guarda uma semelhança com a do padre Maximilian Maria Kolbe, sacerdote dos Frades Franciscanos Menores. Preso pela Gestapo por fazer propaganda contra o regime nazista, foi levado para o Campo da Auschwitz, na Polônia ocupada, em maio de 1941. No início de julho, três prisioneiros conseguiram escapar. Em represália, o Subcomandante do Campo, Karl Fritzch, escolheu 10 pessoas para serem levadas a uma cela, sem água e sem comida, onde deveriam permanecer até a morte. Um deles implorou por seu destino. Padre Maximilian ofereceu-se para ir em seu lugar. E assim aconteceu. Enquanto teve forças, rezava a missa todos os dias. Quando elas se esvaíram, resignadamente, sentou-se à espera de sua morte, a qual ocorreu em 14 de agosto de 1941. Foi cremado no dia seguinte.

A outro notícia marcante é do mesmo dia, 23 de março de 2020. A Ministra da Defesa da Espanha informou que militares encontraram idosas abandonadas em asilos, inclusive mortas em suas camas. Essas idosas foram para o asilo com a esperança de um bom tratamento e de poderem aproveitar, com dignidade, o resto dos dias que teriam: conversa agradável com amigas que compartilham o peso da idade, cuidadoras atenciosas, ambiente arejado, limpo e comida decente.

De uma hora para outra, abriram-se as portas do inferno. A Ministra não informou como foram abandonadas. Mas a verdade é que estavam sozinhas. Deduz-se que estavam sem água, sem comida, vendo suas amigas mais frágeis sendo devoradas, uma a uma, pelo vírus, sufocadas pela falta de ar. Não tiveram oportunidade de falar com seus entes queridos. Faltou uma mão amiga para apertar no último suspiro. Não ouviram ninguém dizer a elas: "*Aguarde-me. Irei encontrar você em breve!*".

Não houve uma vela acesa em suas mãos. Nao receberam a extrema-unção, tão desejada na cultura católica. Não tiveram nem velório.

Uma parente falou: "*Esta epidemia mata duas vezes. Sentimos a morte e estamos proibidos de velar os nossos mortos. As lágrimas escorrem de nossos olhos. Apenas podemos dizer: descansem na paz do Senhor*".

A reportagem continuou: na data de hoje, surgiram mais notícias de mortes em asilos, em novos locais da Espanha, da França e da Itália. O presidente do Sindicato dos Pensionistas da Itália disse que os asilos e as casas de repouso são verdadeiras bombas-relógio, com mais de 500 mil pessoas, nos países citados, vivendo em condições precárias e estando sujeitas a uma epidemia sem limites.

Nesses momentos difíceis da explosão da doença, não podemos nos esquecer de elogiar o magnífico trabalho desempenhado pelos médicos e pelas médicas, pelos enfermeiros e pelas enfermeiras e por todo o pessoal de suporte. Essas pessoas se dedicam até a exaustão, e muitos deles, infelizmente, acabam pagando os seus esforços com as próprias vidas.

A esses verdadeiros heróis, dedico esta pequena e singela crônica.

O GUARDAMENTO

A morte de José da Silva já era esperada. O acidente de carro foi muito violento. Os filhos levaram-no ao hospital, mas por descargo de consciência. Lá, ele já chegou sem vida.

Seu José, mais conhecido como Zé Ventura, sempre demonstrou a vontade de ser velado em sua casa, onde morou durante 50 anos com a sua companheira, Mariazinha. A família atendeu ao pedido. O filho mais velho ficou cuidando dos procedimentos legais: atestado de óbito, certidão do cartório de registro civil, documentos da Prefeitura. As duas filhas ficaram encarregadas de avisar os amigos e os parentes.

Ao filho mais novo, Pedro, coube a ingrata missão de escolher o caixão. Na funerária, o agente, muito prestativo e cerimonioso, como o momento exigia, mostrou todos os modelos que tinha disponíveis. Realçou que o pai era muito querido na cidade e merecia o melhor nessa última homenagem que a família prestaria a ele. Sugeriu uma urna de mogno, verniz escuro, metais prateados de lado a lado, alças confortáveis para carregar. Top de linha. Uma grana!

Nesse instante, Pedro recordou uma conversa que teve com o pai, que, certa vez, disse:

— Por que nós, cristãos, não fazemos como os judeus e os muçulmanos, que sepultam seus mortos em caixões simples? A diferença entre o mais caro e o mais barato deveria ser doada a uma entidade assistencial. Isso seria mais útil.

Meio sem jeito, bastante constrangido, Pedro escolheu um de pinho, modesto. Telefonou para o Sr. Carlos, diretor do Asilo São Vicente de Paulo. Explicou o motivo e pediu-lhe para ir ao sepultamento no dia seguinte.

Quando o corpo chegou, já havia gente esperando na calçada. Na sala, arrumaram os castiçais com velas, o crucifixo, dois vasos de flores e uma coroa.

O pessoal foi adentrando devagar. Cumprimentavam a viúva e os filhos do falecido. Aos poucos, mais gente chegava. Havia uma conversa baixinha, respeitosa. Veio aquele parente distante que não aparecia há séculos. A última visita dele foi quando os filhos eram pequenos, hoje moços formados.

— Eu não podia de jeito nenhum deixar de despedir-me do primo com quem eu passei junto a infância!

Chegaram os irmãos com seus filhos e netos. Uma Kombi cheia trouxe mais parentes que moravam em lugares distantes.

Os vizinhos e os amigos levavam sua solidariedade aos familiares.

À medida que a noite avançava, a conversa ficava mais animada, era quase uma confraternização.

Não se falava nada a não ser sobre o falecido. Cada um tinha uma história, um "causo", um fato curioso, uma façanha, um ato de bondade, uma bravata, um golpe de sorte. Eram assuntos para varar a noite, apenas elogios. Na verdade, às vezes até exageravam. Mas o falecido merecia, afirmavam!

Tereza, uma vizinha, providenciava o café. Fazia garrafas a noite toda. Pão com manteiga, bolachas doces e salgadas estavam disponíveis na cozinha.

E haja café! Muitas pessoas ficariam a noite toda.

Lá pelas altas horas, Osvaldo falou:

— Com todo respeito ao compadre, vamos cantar aquela música de que ele gostava muito e que lembrava sua cidade.

E um conjunto de vozes parecidas com taquara rachada começou:

Piracicaba que te adoro tanto.

Cheia de flores, cheia de encantos (...)

O descompasso continuou até o fim da canção, mas cantada com muita emoção!

Uma hora antes do sepultamento, o padre Júlio veio fazer a benção ao falecido. Trouxe o conforto religioso. Elogiou-o como bom marido, bom pai, bom avô.

O Sr. Carlos agradeceu a oferta da família em prol da entidade que administrava. Em suas palavras, realçou que caixão simples deveria ser regra e disse:

— Sintam-se orgulhosos de sua boa ação! Vocês são os primeiros, mas que sirva de exemplo a ser seguido!

Logo depois, saiu com um cheque de R$ 5 mil!

Em resumo, o guardamento é isto: participação espontânea, desinteressada, sincera, simples, alegria em prestar a homenagem a um ente querido, seja parente ou amigo.

No entanto, vejam como são os velórios de hoje! Predominantemente frios, quase uma obrigação social. Poucas pessoas permanecem a noite toda ao lado do falecido, geralmente apenas os familiares mais próximos.

Há casos em que fecham o salão à meia-noite e só reabrem às sete da manhã. O(a) falecido(a) fica sozinho(a) em companhia apenas de sua foto, 50 x 70 cm, da época em que ele era jovem e elegante, ou ela, moça e bonita.

Logo fixarão o curriculum do falecido acima do livro de presença.

Quem viver, verá!

Uma observação:

Na verdade, esta não é uma crônica. Assemelha-se mais ao relato de um costume em vias de extinção, inviável para quem mora em cidades maiores, principalmente em edifícios e condomínios. Escrevi apenas para deixar na memória uma tradição na qual a morte tinha vida, se assim se pode dizer. Uma tradição na qual a morte tinha calor humano!

O LIXO

O lixo sempre acompanhou os homens e as mulheres, desde a Pré-História até os dias atuais. Transformou-se, no decorrer dos tempos, de modo que, hoje, temos até mesmo o lixo espacial, restos de satélites agora inoperantes, que giram desgovernados ao redor da Terra.

O tema é amplo e pode ser abordado sob os mais diferentes ângulos. Na verdade, o assunto é inesgotável.

No entanto, esta crônica vai se concentrar apenas no lixo doméstico, aquele que produzimos dentro das nossas próprias casas.

À semelhança de um olho d'água que brota ao pé da serra, sob árvores frondosas, e vai-se incorporando às novas nascentes e aos novos riachos até transformar-se em um rio maior e que segue seu destino, o lixo doméstico é o início de uma série de coletas e de transportes que terminam nos lixões ou nos aterros sanitários — que não param de crescer, gerando todas as consequências negativas que bem sabemos: poluição do ar, do solo e do lençol freático; criadouros de animais nocivos, os mais diversos; atrativo para aves que prejudicam o tráfego aéreo; e até mesmo ferimentos ou contaminação das pessoas que sobrevivem da catação de lixo. É comum elas sofrerem cortes por cacos de vidros e latas enferrujadas ou até mesmo infecções causadas por lixos hospitalares descartados criminosamente.

Em Curitiba, a Secretaria Municipal do Meio Ambiente (SMMA) informou que, em abril de 2020, foram coletadas, em média, 1.355 toneladas diárias de lixo considerado orgânico. Falar em 1.355.000 quilos é mais impactante. Dá a impressão de ser maior! Esse volume corresponde a aproximadamente 750 gramas *per capita*, número um pouco menor do que a média nacional, que é de 900 gramas. Nessa condição, uma família de quatro pessoas gera cerca de 3 quilos, por dia, apenas de lixo destinado aos aterros sanitários.

Trata-se de uma verdadeira montanha, que tende a crescer não apenas por aumento da população, mas também pela introdução de novos produtos incorporados ao consumo, ou mesmo pela melhoria das condições socioeconômicas dos habitantes.

Na verdade, é um problema complexo, ao qual cada pessoa pode e deve dar a sua contribuição, insignificante que seja, não para resolvê-lo, mas para torná-lo um pouquinho menor.

Essa contribuição começa de uma maneira muito simples: a separação rigorosa do lixo orgânico e do reciclado. Esse critério ganha maior importância, pois, segundo informações da SMMA, 30% do lixo orgânico é constituído por materiais ainda em condições de aproveitamento econômico e que, justamente por isso, não deveriam ir para o aterro sanitário.

O lixo reciclável, separado conscientemente, pressiona menos o meio ambiente. Papéis, vidros, garrafas, latas, plásticos os mais diversos são recolhidos por caminhões do serviço público e transportados para as cooperativas que os reaproveitam, criando empregos e gerando receitas. Uma parcela desses materiais reciclados é coletada, nas ruas, por carrinheiros que a vende para comerciantes do ramo, vivendo dessa atividade.

Algumas categorias de lixo devem ser separadas no dia a dia e armazenadas em casa até alcançarem um volume significativo, para então serem encaminhadas, obrigatoriamente, a locais próprios para a recepção, que estão disponíveis na internet. Dentre esses produtos, estão o óleo doméstico, as pilhas e as baterias, os medicamentos vencidos, as lâmpadas, os livros, as embalagens de produtos tóxicos, os materiais eletrônicos etc.

Um detalhe óbvio: quanto mais lixo for reciclado, melhor.

A atenção maior deve se concentrar no lixo orgânico, aquele que soma uma montanha por dia e para o qual são necessárias em torno de 65 viagens de caminhões para o transporte. Todos os esforços devem se dirigir à sua redução. Não há fórmula mágica, mas o princípio básico acessível a todos é reduzir o desperdício.

O próprio Jesus fala, em João 6-12: "recolham os pedaços que sobraram para que nada se perca".

O que não se pode é desperdiçar alimentos. Compre apenas o necessário. Ponha em prática sua imaginação: a sobra de arroz transforma-se em bolinho; a de feijão em virado; a de carne, em paçoca. O pão vira torrada. A casca da melancia pode ser usada em compota, tal como se faz com o mamão verde.

Pense livremente, até mesmo em medidas nada convencionais, como aproveitar as folhas dos vegetais, que, por sinal, são ricas em vitaminas e sais minerais — tudo com a finalidade de reduzir o lixo de cada dia.

Com muito critério, é possível reduzir até 30% do total de lixo produzido, segundo informação anterior da SMMA, ou seja, 400 toneladas a menos por dia, um volume que não pode ser menosprezado.

Um detalhe: o último preço disponível que se tem para o transporte de lixo ao aterro sanitário é de R$ 53,68 por tonelada, ou seja, uma economia de R$ 21.472,00 ao dia, o que corresponde a aproximadamente R$ 6,5 milhões ao ano, considerando-se apenas 300 dias úteis. Sem dúvida, é muito dinheiro, que poderia ser mais bem aplicado.

Nesse trabalho para reduzir o lixo, há um equipamento que prestaria um auxílio inestimável: o triturador. O nosso município deveria torná-lo obrigatório para restaurantes, lanchonetes, hotéis e similares, pois esses espaços geram muito lixo orgânico pela perda de produtos na manipulação e nos alimentos não comercializados, acrescido pelo descarte das sobras de comida dos pratos. Tais restos não iriam para a lata de lixo, mas, sim, sairiam diretamente para o ralo. A única exceção seriam os ossos.

Aliás, o Código Municipal deveria tornar obrigatório o triturador para os novos imóveis a serem construídos acima de determinada área.

O triturador, ao ser acoplado à pia da cozinha, ocuparia menos de 0,5 m², um espaço pequeno, que não aumentaria em muito o custo de uma casa ou de um apartamento acima de certa metragem preestabelecida pelos órgãos do governo. Os arquitetos, com toda a certeza, encontrarão um meio de incorporar o triturador às plantas dos imóveis.

Uma consideração final sobre o lixo:

O lixo é muito mais do que a definição do Aurélio: *substantivo masculino — entulho, sujeira, imundice.*

O tratamento que se dá ao lixo revela a personalidade de cada pessoa, sua cultura em relação à sociedade e o seu respeito ao meio ambiente.

A lata de lixo é também um raio-X de seus moradores.

As sobras de comida revelam os seus hábitos e os seus padrões de vida; as garrafas demonstram as preferências por sucos, refrigerantes ou bebidas alcoólicas. Maços de cigarro indicam o hábito de fumar. As embalagens de medicamentos são os termômetros da saúde, a partir dos quais se pode fazer um diagnóstico das doenças que se têm. Um extrato bancário lançado por descuido demonstra a situação financeira. Os jornais ou as revistas revelam a opção política. Um simples papel rasgado pode significar algo importante. Não é à toa que, nos filmes policiais ou de espionagem, a cesta do lixo é o primeiro lugar a ser vistoriado à procura de provas incriminatórias.

Deve-se olhar o lixo com consideração. O lixo de hoje foi a embalagem que ontem trouxe a alimentação para a sobrevivência, a bebida para a satisfação, o medicamento para a saúde, os livros e as revistas para o lazer, os materiais para a limpeza doméstica, os produtos para higiene pessoal e assim sucessivamente, a fim de atender todas as necessidades diárias de uma família e de sua residência.

O lixo, queira ou não, em maior ou menor escala, faz parte da vida de cada pessoa! O lixo merece respeito!

UMA REFLEXÃO PÓS-MORTE

A morte é o fim de um processo biológico; é o fim de uma vida. Entretanto, nem todos a encaram com essa frieza.

Cada ser humano tem as suas dúvidas, seus conceitos, suas expectativas, seus temores. De acordo com pesquisas, o medo é um dos sentimentos predominantes. Os mais ousados dizem que não "temem a morte, só não têm pressa".

Fazer uma viagem para o desconhecido, do qual praticamente nada se sabe, povoado por seres celestiais ou monstros fantasmagóricos, traz preocupações que cada um de nós tem, as quais nos são inevitáveis.

Cada religião tem os seus conceitos de morte e pós-morte.

Vou deter-me na orientação católica, sobre a qual conheço alguns conceitos, pois a absorvi junto com o leite materno.

O catolicismo fala que as almas poderão ter três destinos diferentes conforme conduziram suas vidas na terra: Céu, Purgatório ou Inferno.

O Céu, de acordo com os ensinamentos religiosos, é uma dimensão na qual tudo é superlativo: beleza, bondade, paz, convivência com o Senhor. Lá, não existe discórdia, apenas amor e uma felicidade inimaginável para cada alma.

Alimento a esperança de que o Deus de bondade e ternura acolherá a grande maioria das almas, que será benevolente no julgamento, até mesmo com aqueles que violaram algumas de Suas leis. É impossível haver uma vida inteira sem cometer nenhum deslize.

OS CONTOS, AS CRÔNICAS, AS LENDAS, OS EXCLUÍDOS

Deus, na Sua infinita bondade, compreende a insignificância e a fraqueza do ser humano. Ele as perdoará e chamará as almas para si, em ambiente mais claro do que o Sol e mais alvo do que a neve.

A minha modesta imaginação não consegue deduzir quais as almas que serão destinadas ao Purgatório. Essas, entretanto, após um período (como o nome diz) de purificação, serão levadas ao Paraíso para compartilhar a Glória do Senhor.

O Inferno será destinado aos monstros da História, como Hitler; Stalin; Mao Tsé-Tung; os responsáveis pelo massacre dos armênios, em 1916/1917; Ruanda, em 1988/1989; Camboja, em 1976/1978, e outros.

Nessa categoria, estão incluídos ainda os vencedores que eliminam os vencidos, os políticos que massacram seu povo para se manterem no poder, além de pessoas comuns que praticam crimes hediondos. Haverá espaço também para os ladrões de merenda escolar, de medicamentos para câncer e de aparelhos respiratórios destinados aos pacientes da Covid-19, além de todos aqueles que praticam desvio de recursos públicos que eram destinados ao controle dessa pandemia, seja para os medicamentos, seja para as instalações.

Hoje, aos meus 78 anos, tenho uma grande dúvida, mas não em relação à morte, porque ela é inevitável. Essa minha grande dúvida é por que as almas não voltam para fazer um depoimento de suas vidas no Céu. Há relatos de que algumas mandam mensagens para os familiares por meio de médiuns, porém não há registro, na história da humanidade, de uma maneira clara, de que alguma alma retornou para relatar aos seus familiares como é a vida no Paraíso.

Já imaginaram se uma pessoa de fato reaparecesse em nossas vidas após ter morrido? Já pensaram se ela contasse detalhes da sua vivência no Céu sob o manto protetor do Senhor? Centenas, milhares de perguntas, repetidas até a exaustão, seriam, enfim, respondidas. E aí surgiria o inevitável para os pobres mortais: comparar a vida no Céu com a vida na Terra.

Sem dúvida, a diferença entre esses dois lugares seria maior do que o abismo mais profundo. Aqui na Terra, há doenças, fome, desemprego, injustiça social, políticos venais, corrupção, insegurança, ambições desmesuradas, filhos abandonados pelos pais, maridos assassinando as mulheres, pais que matam ou abusam de seus filhos e todos os leques das mazelas humanas. Há sofrimento, muito sofrimento, seja físico ou mental.

Esse "aparecimento" tornar-se-ia a notícia mundial, com plantões em todos os meios de comunicação. A família seria entrevistada uma, duas, dezenas de vezes. A televisão iria querer todos os detalhes. Montar-se-ia uma equipe para atuar dia e noite. Não demoraria para que as redes internacionais enviassem seus repórteres. Um primo cobraria para dar os detalhes, "Para ajudar entidades beneficentes", ele diria!

A cada descoberta humana, sempre haverá um pioneiro disposto a desbravar os limites. Um outro primo resolveria suicidar-se e deixaria uma carta dizendo que partiria para uma vida melhor depois que ouviu o relato do parente que voltou.

Aconteceria então o inevitável: o efeito dominó. Começariam a pipocar suicídios em várias regiões do país. O Ibope resolveria fazer uma pesquisa nacional sobre a tendência: 10,47%. O resultado seria contestado pelo Instituto Datafolha: 12,79%. Esses dados seriam da primeira pesquisa. O viés é de alta para a segunda.

Os sociólogos tentariam compreender o fenômeno. Os economistas começariam a calcular a perda do PIB, levando em consideração a queda da população. A Miriam Leitão tentaria explicar a maléfica engrenagem financeira: menor população - menor consumo = menos comércio, menos investimentos + maior desemprego = maior crise social.

A indústria de medicamentos sentiria o baque na queda das vendas. As pessoas que mais faziam uso deles eram os idosos, categoria que liderava as tendências suicidas.

Os médicos e os hospitais também seriam atingidos: menos pacientes = menos serviços prestados. Até a cirurgia plástica seria atingida: por que turbinar o busto se o marido ou o amante poderia entrar na onda a qualquer instante?

Nem a agricultura escaparia: por que produzir mais alimentos se seria reduzido o consumo?

Todas as atividades seriam atingidas por um terremoto que nada pouparia.

Um mercado, porém, prosperaria: as clínicas de eutanásia para quem desejasse ter a morte assistida e indolor. Elas teriam um mercado paralelo de cemitério e crematório, desde as cerimônias mais simples até as mais sofisticadas. Algumas até ofereceriam, para maior glória do falecido, uma Comenda, seja de uma Ordem Benemérita, Filantrópica ou Patriótica.

Só que não... porque Deus, Senhor do passado, presente e futuro, profundo conhecedor das pessoas e ciente do que poderia acontecer com a humanidade jamais permitirá o retorno de qualquer alma à Terra.

Assim foi. Assim será!

PARTE III.

AS LENDAS

A DEUSA

Os gregos, desde os primórdios de sua civilização, foram criando um conjunto de deuses, semideuses e heróis que vieram a constituir a sua denominada Mitologia.

Em cada cidade havia um templo para homenagear o deus de sua proteção, onde se faziam orações, doações e oferendas. Era comum, nas casas, haver um pequeno altar para cultuar o deus da devoção familiar.

Havia, entretanto, uma deusa misteriosa, enigmática. Não tinha templo em sua homenagem. Era invisível aos olhos, mas sua existência era sentida de modo semelhante ao vento, que balançava os ramos das oliveiras ou acariciava os cabelos das mulheres. Não passava despercebida aos seres humanos. Misteriosamente, participava de cada instante de suas vidas.

Pouco se sabe de seu passado. Seus pais são desconhecidos.

Essa deusa misteriosa, instável, imprevisível, geniosa, temida, amada, odiada era Psique, a deusa da alma, sobre a qual, certa vez, um autor desconhecido escreveu que *"manipulava aleatoriamente as euforias e as paixões; os sofrimentos e as desgraças"*.

Seu nome derivou-se da 23ª letra do alfabeto grego, pronunciada como "psi". Por uma questão fonética, tornou-se "Psique". No início, significava borboleta, evoluindo gradativamente para os termos de sentido, de brisa, de respiração, de ânimo e, posteriormente, de alma.

Psique era geniosa. Às vezes, manifestava-se na suavidade das cordas das liras tocadas pelas ninfas. Às vezes, marcava sua presença como uma calmaria que deixava os barcos parados. Às vezes, tal qual a força do vento, que poderia afundar um navio, ou até mesmo na erupção avassaladora de um vulcão, com danos irreparáveis por onde passava o seu leito de lava incandescente.

Era uma deusa imprevisível. Uma pequena mágoa poderia ser levada para armazenar nas montanhas do Olimpo, onde a neve é eterna. Um grande ressentimento poderia ser transportado ao Mar Egeu e lançado ao vento. Poderia causar paixões intensas ou decepções arrasadoras.

Psique era cruel. Nada esquecia. Um fragmento de lembrança, ocorrido há décadas, poderia vir à tona para atormentar as pessoas. Um fato insignificante poderia gerar um sofrimento para o resto da vida. Não dissipava nunca. Era sepultado com a vítima. Há casos em que a deusa exercia uma pressão tão grande sobre algumas pessoas que as levava, por si próprias, ao reino de Plutão, o deus da morte.

Os gregos não a ignoravam. Tinham noção de sua existência por meio do comportamento das pessoas, mas gostariam de localizá-la e entendê-la.

Surgiram as mais diferentes hipóteses: estaria no coração, no fígado, no cérebro, nos olhos? Conta a história que o tema gerou debates acirrados, sem se chegar a um denominador comum.

Os filósofos se reuniram no Parthenon, templo de Atena, deusa da Sabedoria, pedindo auxílio para encontrar e entender a deusa invisível. Porém, a nada se chegou de concreto. São palavras de Heráclito de Efésio: *"caminhando, não encontrareis os limites da alma, mesmo percorrendo todas as estradas"*.

O grande enigma permaneceu!

No início da Idade Moderna, os médicos, clandestinamente, começaram a dissecar cadáveres. Reviraram o corpo humano. Examinaram detalhadamente cada órgão, os tecidos, as artérias e as veias, não apenas atrás de conhecimento científico, em benefício de seus pacientes, mas também à procura da alma. Não a encontraram em lugar algum. A deusa brincava com os conhecimentos da época.

No fim do século XIX, o famoso médico alemão Dr. Sigmund Freud teve uma ideia. Retalhou a alma em três frações: id, ego e superego. Especificou detalhadamente cada segmento. Houve divergência, na época, mas os trabalhos continuaram e evoluíram de tal modo que constituíram duas novas ciências, a Psiquiatria e a Psicologia, cujos profissionais, cada um a seu modo, procuram concertar os estragos que a deusa causa nos seres humanos.

Confesso a minha ignorância sobre a alma. Deixo as explicações para os entendidos da área. Sou apenas um curioso que resolveu escrever sobre esse tema fascinante a fim de matar o tempo, neste período difícil de confinamento.

Não posso, contudo, deixar de manifestar a minha simpatia ao pensamento grego, pois, afinal, foi ele um dos alicerces da civilização ocidental. A verdade é que, até os dias de hoje, as almas continuam sendo abismos insondáveis, à espera de serem desvendados, e Psique, tal como a Esfinge, mantém-se à espera ser decifrada.

A MULA SEM CABEÇA

Cabriúva é uma cidade pequena, situada no nordeste do Estado. O comércio apenas tem movimento aos sábados, quando os moradores da zona rural vêm fazer compras ou negociar a produção de café e cereais. No mais, tudo segue tranquilo. Até os cachorros andam devagar. Todos são vira-latas; ainda não havia o "cãozinho de madame".

Os moradores, praticamente todos conhecidos, gostam de ficar sentados nas cadeiras localizadas nas calçadas de suas casas para a conversa do fim de tarde. Crianças brincam nas ruas, sem perigo, pois há poucos carros. Os rapazes e as moças se encontram, ao anoitecer, ao redor da praça.

Não há roubos. O último que ocorreu, cinco anos atrás, ainda é comentado. A política, entretanto, é quente. Na eleição passada, houve um assassinato.

Quando o sino da Igreja bate, trata-se do anúncio de um acontecimento importante: morte, nascimento, visita de algum figurão.

A vida social gira em torno do posto de combustível e de dois bares, um deles com duas mesas de *snooker* e produção de sorvetes.

Atividades comerciais de destaque são: uma máquina de beneficiamento de café, uma de beneficiamento de arroz, outra de moagem de milho, para fabricar fubá, e uma marcenaria, que se situava no limite do perímetro urbano.

Foi nessa marcenaria que tudo começou. O guarda noturno, seu Joaquim, quase de madrugada, saiu correndo, apavorado, em direção ao centro, gritando: "Eu vi a mula sem cabeça! Eu vi!!!"

Logo o pessoal foi rodeando, e Joaquim deu os detalhes:

— Uma mula da minha altura, sem cabeça. Os olhos vermelhos saíam diretamente do peito. As patas soltavam faíscas quando tocavam no solo. Dei dois tiros com o meu 38. Acertei os dois. Foi como se nada tivesse acontecido, e a mula saiu em disparada no sentido do riacho que fica no fundo do terreno.

O povo queria mais detalhes. Por que apareceu? O que queria? Voltaria? Ninguém sabia de nada. O medo tomou conta da cidade. Começaram as especulações, as mais absurdas.

Era o "coisa ruim" mostrando que existe? Seria para lembrar o fim do mundo? Queria anunciar seca ou tempestade? Desejava raptar uma criança? Estava à procura de um rapaz forte para ser seu cavaleiro? Sonhava com uma noiva entre as mais bonitas da cidade? Estava à procura da comadre que tem um caso com o compadre? Coisa do outro mundo?

Seu Joaquim, apavorado, não foi trabalhar na noite seguinte. Pedro, um funcionário que morava em frente à marcenaria, jurou que ouviu, na madrugada, o barulho dos cascos e que viu as faíscas soltando das patas.

Foi a gota d'água para causar uma histeria coletiva. Medo, pessoal confinado em casa, portas fechadas, ruas desertas.

O único local que tinha meia dúzia de gatos pingados era o posto de combustível, uma espécie de boca maldita local, **posteriormente adotada na Capital do Estado.**

Conversa vai, conversa vem, um velhinho levantou-se e falou grosso:

— Eu quero ver esse bicho! Vou ficar de plantão! Vou dar uns tiros nas suas patas até ela cair.

Justino era o seu nome. A noite estava fria. Ele pegou uma capa, uma garrafa de café e foi para o pátio da marcenaria. A mula sem cabeça não apareceu. Justino era teimoso. Ficou outra noite e mais uma. Nada novamente. Na quarta noite, desistiu, então contou aquele papo:

— A mula sem cabeça não existe ou ficou com medo de mim!

Devagarzinho, as coisas foram se acertando. Algum tempo depois, a cidadezinha voltou à normalidade. Entretanto, permanece a lenda da mula sem cabeça. Como todas as lendas, ela existe, mas ninguém a vê.

Cabriúva ficou conhecida como a Cidade da Mula sem Cabeça.

O tema passou a movimentar o comércio local de suvenires com a estampa da mula: camisetas, canecas, copos, chaveiros, imagens de todas as cores e tamanhos, além da série completa de bugigangas.

Não é raro aparecerem turistas para ver o local onde ela apareceu e conversar com os moradores. Um especialista em folclore permaneceu 10 dias na cidade! Disse que a mula terá um capítulo especial em seu livro, a ser lançado em breve!

Um empresário patenteou a ideia. Em breve, será lançado, no mercado, um brinquedo eletrônico — *made in China*, obviamente — com as características da lenda.

As cidades que possuem as suas lendas que se cuidem! A mula de Cabriúva está no páreo!!!

ATLÂNTIDA

Lenda ou realidade? Aquele continente perdido no meio do oceano e que desapareceu misteriosamente sempre despertou a curiosidade e, até hoje, povoa a nossa imaginação.

Gostaria de fazer algumas considerações sobre esse mundo enigmático, sem compromisso com a verdade, já que predomina a imaginação, e os acontecimentos marcantes da História se mesclam, no tempo e no espaço, sem nenhuma sequência lógica.

A Grécia situa-se na região centro-oriental do Mediterrâneo. É constituída por duas áreas distintas: uma continental, localizada ao sul dos Balcãs, entre o Mar Egeu e o Mar Jônico, e outra insular, constituída por centenas de ilhas espalhadas pelo Mar Egeu, as maiores sendo Creta e Chipre. Sua topografia é predominantemente montanhosa, de solo pobre. O verão é seco, e o inverno é úmido, com ocorrência de nevadas nas regiões mais altas.

Ao redor do século VIII a.C., com o crescimento da população, queda na produção agrícola e erosão causada pelo desmatamento desordenado, o povo grego viu-se obrigado a procurar novas áreas para colonizar.

O problema era para onde! A leste, encontravam-se os hititas e os persas. O sul, no outro lado do Mediterrâneo, era ocupado pelo Império Egípcio. A oeste, despontava Roma, então uma potência em plena expansão. Restava apenas aventurar-se pelo mar!

As Cidades-estados gregas resolveram explorar o desconhecido. Marinheiros experientes, em seus frágeis barcos, seguiram rumo ao oeste. Atravessaram as Colunas de Hércules e entraram no oceano, que era habitado, segundo as lendas, por animais monstruosos. Era um oceano que acreditavam ter fim, e que as embarcações despencariam num abismo desconhecido.

Depois de semanas no mar, o vento mudou. Os barcos tomaram o rumo sudoeste. Em determinado momento, a guia que orientava a navegação — a Constelação da Ursa Maior — foi gradativamente desaparecendo no céu. Foi surgindo, aos poucos, uma constelação desconhecida pelos gregos, que se destacava no firmamento. Era constituída de cinco estrelas brilhantes, em forma de cruz, que dominavam os céus.

O comandante da esquadra, cujo nome se perdeu na História, ficou curioso: como uma constelação tão grande, que se destacava nos céus da Grécia, desaparecera misteriosamente, e surgira outra tão grande, que ele nunca havia visto? Se as estrelas são fixas no firmamento, ele pensou que só haveria uma explicação: a Terra era redonda! Aquele marinheiro fez essa descoberta séculos antes de Aristóteles sugerir a mesma ideia, no ano 330 a.C.

Em algum lugar perdido no oceano, eles haviam cruzado a metade da Terra, ponto que, mais tarde, os cartógrafos chamariam de Paralelo Zero, ou Equador, e entraram nas águas do sul.

Esse momento histórico só se repetiria no século XV d.C., por navegadores europeus saindo de portos ibéricos.

Denominaram a nova constelação de Cruz do Sul. Consideraram-na como um aviso divino e resolveram orientar-se por ela.

Depois de algum tempo de navegação, quando os marinheiros estavam no extremo de suas forças, sem comida e sem água, avistaram terra. Encontraram pessoas diferentes, de pele bronzeada, cabelos lisos, olhos oblíquos e muito amáveis. Aos poucos, foram conhecendo os segredos da terra: um capim enorme, do qual se extraía um caldo esverdeado mais doce do que o mel; um arbusto de hastes finas, da altura de um homem, e que possuía várias raízes de casca escura, da qual se produzia uma farinha tão boa e tão branca quanto a do trigo; uma palmeira de cujas castanhas extraía-se um óleo avermelhado, mais suave do que o óleo de oliva. Essas novidades eram apenas o começo. Havia mais, muito mais!

O clima era quente, com chuvas abundantes, e o solo era fértil. Havia peixes e caças em grande quantidade. Suas matas, a perder de vista, possuíam madeiras nobres para a construção de navios. Um verdadeiro paraíso natural que deixou os gregos entusiasmados.

Denominaram esse local de Atlântida, nome de uma das filhas de Atlas, um dos titãs que se rebelaram contra Zeus, e que foi condenado a sustentar os céus em suas costas para sempre.

A Atlântida estava descoberta! Tomaram posse, em nome das Cidades-estados gregas, com uma lança fixada no solo, sobre a qual colocaram o elmo típico.

Ao voltarem para Atenas, os navegantes levaram as notícias da descoberta de um novo continente, de suas riquezas e do seu potencial. Alguns soldados permaneceram em Atlântida para aprender a língua dos nativos e fazer novas explorações.

A perspectiva de uma vida melhor, na terra recém-descoberta, levaria os gregos a uma diáspora, apesar da distância e das dificuldades de transporte.

A colonização desenvolveu-se lentamente, mas, no decorrer de dois séculos, já havia vários núcleos de civilização no litoral e alguns no interior.

A formação de um país depende de um emaranhado de fatores. Para falar sobre a Atlântida, seriam necessárias centenas de livros. Nessa LENDA, falaremos apenas nas organizações política e social, pois, para o bem ou para o mal, são elas que traçam o destino de uma nação.

A estrutura social da Atlântida foi se formando de maneira semelhante à que existia em Atenas. Os Eupátridas eram a classe dominante; os Demiurgos eram constituídos por comerciantes e armadores; os Georgóis e Thetas, que englobavam pequenos agricultores, artesãos, mineiros, prestadores de serviços diversos ou desempregados, e que viviam em condições precárias. Havia ainda os escravos.

A Atlântida era enorme. Os gregos tiveram dificuldades em administrar um território imenso. Adotaram então o sistema persa: criaram as Satrapias — 26 no total — que eram grandes áreas administradas por um Sátrapa.

A Monarquia foi o regime vigente por mais de três séculos, quando um movimento liderado por eupátridas e militares derrubou o Rei, substituindo-o por um Senhor-mor. Estabeleceram, assim, um novo modelo de administração, que adotou a mesma estrutura jurídica de Atenas, a mais avançada entre todas as Cidades-estados, que ficou assim constituído:

Arconto

Conselho responsável por julgar os grandes conflitos. Seus membros eram denominados ARCONTES. No início, eram nove, aos quais se somaram, posteriormente, mais quatro.

Os cargos eram um verdadeiro presente dos deuses: nomeados pelo Senhor-mor, a função era vitalícia.

Areópago

Conselho constituído por 78 membros, três representantes por Satrapia, cuja função era estabelecer que todas tivessem a mesma importância junto à Atlântida. Os membros, todos eupátridas, eram eleitos por seis anos, podendo ser reeleitos.

Eclésia

Conselho constituído por pessoas de todas as classes sociais, eleitas por três anos, podendo ser reeleitas sucessivamente. Inicialmente, eram 400 membros, aumentado, no decorrer do tempo, para mais de 500. Na Eclésia, elaboravam-se as leis que regulavam a vida dos cidadãos, além de ser o espaço no qual se debatiam os temas importantes da Atlântida.

A Eclésia foi o embrião da Democracia Grega, a qual começou a ser adotada pelas nações ocidentais em formação, a partir do século XVIII d.C.

A História é dinâmica. Com o correr do tempo, as leis aprovadas na Eclésia deveriam ser referenciadas pelo Areópago e vice-versa, com a justificativa de aperfeiçoar a legislação em benefício da sociedade e corrigir injustiças que um dos órgãos viesse a cometer.

Não demorou muito para que os membros do Areópago e da Eclésia começassem a legislar em benefício próprio. A título de bons serviços ao povo, estabeleceram uma remuneração superior a Drc$ 37 mil mensais. Para efeito de comparação, o salário de georgóis ou de thetas era de Drc$ mil mensais. Aos poucos, foram aumentando seus benefícios, como: residência à disposição; auxílio-toga, pois os cargos exigiam uma aparência à altura da função; viagens nas melhores carruagens; tratamento com os melhores médicos procedentes de "Damasco e Beirute ou de Jerusalém"; as melhores estalagens; estafetas para levar rapidamente notícias para seus eleitores; e mais... muito mais benesses que deixaram perplexo o cidadão comum, e claro, tudo era pago pelo Tesouro.

Além de todas essas vantagens, havia um certo número de pessoas que ficavam à sua disposição para os mais diversos serviços, fossem públicos ou particulares. Eram os famosos "aspones", pagos pelo erário, valor que, em certos casos, chegava a DCR$ 280 mil mensais (não é engano, é DCR$ 280 mil mensais mesmo). Os aspones, muitas vezes, devolviam parte de seus salários a quem os contratava.

O nepotismo era frequente: empregava-se a mulher com nome de solteira, a filha com o nome do genro, o filho com o nome da nora e a amante com nome verdadeiro.

Não apenas isso. Promulgaram leis que os tornavam praticamente imunes a quaisquer crimes, principalmente o preferido: desfalques milionários nas obras públicas executadas, em execução ou nas supérfluas, planejadas, mas nunca concluídas, apenas para camuflar a corrupção. Exemplo típico: todos os investimentos para as Olimpíadas e dois anos após para um Campeonato Mundial de Esporte único. Todos esses crimes apenas poderiam ser julgados pelo Arconato. Consideravam-se ungidos pelos deuses, a quem tudo era permitido.

Não se pode generalizar. A maioria era de cidadãos decentes que pensavam no próximo, mas eram sufocados por uma minoria, que só pensava, insaciavelmente, em obter cada vez mais poder e riqueza. Se uma maçã podre contamina um barril, pense em 100 frutas deterioradas dentro de uma barrica com 500! Tente imaginar!

Os cargos eram muito cobiçados; e as eleições, muito disputadas, com uma característica imoral. As campanhas eram pagas pela Atlântida, ao custo de quase DC$ 5.000.000.000,00, isso mesmo 5 bilhões de DCR, que se repetia de dois em dois anos. Salvo exceções, todos queriam se reeleger. Eles se consideravam verdadeiros príncipes, duques, marqueses, condes, barões — antecessores de uma realeza que apenas viria a se instalar na Europa na Baixa Idade Média. Havia alguns que superavam os seus colegas, pois agiam e atuavam como Príncipes Herdeiros sob a proteção leonina do manto real.

As Satrapias eram um caso à parte. Os Sátrapas, em sua maioria, tinham o sobrenome dos ocupantes de Areópago ou da Eclésia.

A posse passava de pai para filho, uma verdadeira Capitania Hereditária, regime que, séculos depois, seria instituído em algumas outras colônias.

O Arconato era o responsável pelas decisões finais. Ser Arconte era o sonho de todo eupátrida. O cargo era vitalício. Possuíam vantagens financeiras e grande prestígio. Sua nomeação era feita pelo Senhor-mor, e, mais cedo ou mais tarde, esse "presente" teria que ser retribuído com "gentilizas", com vantagens para quem o indicou.

Suas decisões eram inquestionáveis, sendo justas ou não. Algumas chocavam a opinião pública. Eram senhores absolutos, ungidos pelos deuses, e, devido à sua forma de agir, estabeleceram os princípios do feudalismo que seria implantado na Europa, em meados da Idade Média.

É de notar que nenhum réu negava as acusações de seus delitos cometidos (a maioria por corrupção) quando encaminhado para julgamento no Arconato. Pediam a absolvição de seus crimes sob alegação de argumentos ridículos, como o de que a defesa do réu ocorreu antes da acusação; de que uma das 20 testemunhas de defesa ainda não tinha sido ouvida; ou mesmo de que havia pendência em apreciação de um dos mais de 15 recursos a que o acusado tinha direito.

Os réus pediam e conseguiam a absolvição alegando que houve "falhas processuais" que cerceavam o direito de defesa dos acusados. Houve sentenças importantíssimas que foram anuladas, cujos processos iniciais ocorreram em tribunais que não "tinham" competência para julgar as ações — fatos esses apenas "descobertos" anos após esses processos serem julgados e aprovados em instâncias superiores, com amplo conhecimento público, de acordo com as publicações dos jornais *Folha de Atenas*, do *Estado Helênico* e a *Gazeta da Esparta*. Isso sem contar os "Corpos Livres" concedidos a pessoas em julgamentos escandalosos, liberdades essas que causaram indignação popular. Os julgamentos eram muito benevolentes. Em mais de três décadas, pouquíssimos membros do Areópago e da Eclésia foram condenados, e, assim mesmo, com penas leves, a maioria a ser comprida na residência do réu, ou mesmo em liberdade.

Esses desmandos e injustiças praticados pelas classes dominantes, e o aumento desproporcional dos impostos cobrados, provocaram revoltas entre os demiurgos, georgóis e thetas.

Seus antecedentes brigaram quando a Coroa estipulou o imposto do Quinto. Nesse momento, a soma dos tributos dobrou, chegando a 40%!

Começaram os protestos, que se espalharam por toda a Atlântida. Os poderosos não ligavam a mínima. O povo sofria com o desemprego, falta de assistência médica e, o pior, com a fome. As manifestações cresciam semana a semana, sem que fossem ouvidas. Ninguém queria largar o poder e os privilégios. Houve confrontos, e as repressões tornaram-se violentas.

Vendo que nada conseguiriam, resolveram pedir a intercessão de Zeus. Fizeram vários pedidos, mas ele nada respondeu. Na verdade, Zeus estava coçando sua barba, à procura de um modo de exterminar seletivamente esses usurpadores do poder, que se julgavam no direito de morar no Olimpo.

Um escritor, Costas Alveopous, resolveu fazer um poema para sensibilizar Zeus, o mais poderoso dos deuses. A primeira estrofe dizia o seguinte:

"*Ó Zeus, onde estás que não respondes,*
Em que mundo, em qu'estrela tu t'escondes
Embuçado nos céus.
Há centenas da anos mando o meu grito,
Que embalde desde então corre o infinito.
Onde estás Zeus?"

Esse poema era exclamado frequentemente, e em tom mais e mais alto.

Zeus era conhecido por ser um deus impulsivo e orgulhoso. Ouvindo repetitivamente o poema, sentiu-se ofendido. Estavam duvidando do seu poder! Em determinado momento, a bebida superou a razão, e ele disse, em voz alta, para Dionísio, que estava presente: VOU DESTRUIR A ATLÂNTIDA!

Dionísio, o deus grego do vinho, em um dos seus raros momentos de lucidez, falou:

— Ó poderoso e divino Zeus, sábia é a sua decisão, pois, conforme o clamor do povo, o mal está tão enraizado na classe política, insaciável por poder e dinheiro, que pensam apenas, somente e unicamente em seus interesses, e na legislação em vigência que, predominantemente, protege o corrupto e o bandido, que a tendência é piorar cada vez mais as condições de vida de georgóis, thetas e até mesmo de demiurgos. A Atlântida jamais terá salvação! — e realçou: — JAMAIS!

Zeus, então, reuniu todas suas forças e provocou na região o maior terremoto já visto na História. A Atlântida desapareceu na área mais profunda do Oceano, para nunca mais ser vista.

Zeus deixou apenas algumas ilhas, como prova do seu poder e para manter viva a lenda da Atlântida.

Essas ilhas remanescentes, Portugal alega que elas são os Açores; a Espanha afirma que são as Canárias.

Este modesto escriba, que, nesta história absurda, falou sobre tantas coisas alienadas, sem bom senso, alheias à realidade — como dantes nunca visto —, arrisca um palpite: as ilhas remanescentes constituem o Arquipélago de Trindade e Martin Vaz. É o local mais próximo do qual a Atlântida deveria ter existido!

Algumas informações:

Este conto é uma obra de ficção sem vínculos com pessoas, entidades ou organizações particulares ou públicas, sem o compromisso com a verdade, como foi citado no início.

A poesia é de Castro Alves. Trata-se de uma estrofe do poema *Vozes d'África*.

Os **nomes** das classes sociais e das estruturas governamentais citadas nesta lenda foram extraídos do livro *História Geral*, de Cláudio Vicentini.

Titãs eram seres mitológicos que, na época homérica, enfrentaram Zeus e outros deuses para ascensão ao poder. Foram derrotados; alguns foram perdoados; outros castigados, como Atlas.

Coluna de Hércules: estreito que liga o Mediterrâneo ao Oceano Atlântico, hoje Estreito de Gibraltar.

Dcr$: símbolo de *dracma*, moeda grega vigente, desde a época histórica, até ser substituída pelo euro em 2002. Ao câmbio atual, o valor da Dcr$ seria em torno de U$ 0,17/0,18, na praça de Nova Amsterdam, valor que tende a reduzir-se, devido ao aumento da inflação.

ND# PARTE IV.

OS EXCLUÍDOS

A GUARDADORA DE CARROS

Sábado é dia de feira, céu claro, temperatura agradável, coisa rara em Curitiba. Minha mulher ficou em casa preparando o prato preferido da neta, que hoje vai almoçar conosco.

Sofri para estacionar o meu Gol 2014 em uma vaga espremida, entre duas caminhonetes, quando ouvi uma voz feminina dizendo:

— Doutor, posso cuidar do carro? — disse ela, com uma voz baixinha, quase um sussurro.

Antes de continuar essa história, uma afirmação e uma dúvida. Afirmação: todo(a) flanelinha chama a gente de "Doutor". Desconheço a razão! Dúvida: por que há, em Curitiba, cidade tipicamente urbana, tantas caminhonetes, utilitários predominantes em zonas de atividades agrícolas e pecuárias?

Voltei os olhos e vi uma mulher franzina, cerca de 1,50 m de altura, morena, cabelos pretos lisos, leves traços indígenas. Sua idade era indefinida. As mulheres curtidas pela vida sempre parecem ser mais velhas do que realmente são. Se têm 25, aparentam 30; se têm 30 aparentam 40; se têm 40, aparentam 50.

Fiz um gesto de concordância e parti para as compras. Encontrei tudo de que precisava em apenas duas barracas.

Quando me dirigi para o carro, aquela senhora estava à minha espera. Separei uma nota. Estava sem pressa, portanto, resolvi puxar conversa.

— Faz tempo que a senhora trabalha como guardadora de carros?

— Faz tempo sim, desde quando meu marido perdeu o emprego. O senhor sabe como é... na crise, os primeiros a serem mandados embora são os que têm menos estudos. Meu marido trabalha na rua de baixo. Ele ajuda dois feirantes a montar e desmontar as barracas. Ganha alguns trocados, além das frutas e das verduras que sobram no fim da feira. Recebemos, também, de algumas almas caridosas, doações de cesta básica, uma caixa com 12 litros de leite e algumas roupas. Mas guardar carro rende pouco. Alguns dizem não ter miúdos; outros contam até as moedas. Vou lhe contar: os que mais têm são os que menos dão! Esse pessoal não sabe que R$ 1,00 compra apenas um pão em certas padarias. O pior é quando alguém diz: "Por que vocês não vão trabalhar?". Não é por falta de vontade. Eu procurei emprego de diarista em muitas casas. As madames olhavam-me de cima para baixo, viam as minhas roupas surradas, a sandália havaiana torta nos pés, aparência descuidada e sem nenhuma referência. No final, eram sempre as mesmas coisas: "Já temos empregada!". Desculpe-me perguntar: o senhor daria emprego para mim em sua casa?

Fiz de conta que não ouvi! A minha resposta poderia magoá--la mais ainda.

Ela continuou:

— A verdade é que estamos em um círculo vicioso: nós somos pobres porque não trabalhamos. Não trabalhamos porque somos pobres. A nossa vida não é fácil. Eu era uma criança alegre. Estudava. Achava a minha professora muito bonita, sabia ensinar como ninguém. Meu sonho era ser professora, igual a ela, mas não consegui. Talvez, em outra oportunidade, outro dia, eu lhe conte a minha história. Mas já vou adiantando que não é nada feliz! O senhor sabia que os melhores sonhos são aqueles que não se realizaram? São os sonhos que se perderam no tempo.

Estava quase de saída quando ouvi um choro de criança nas proximidades.

— É a minha filha de ano e meio — disse ela. A garotinha, encostada em um muro, estava sentada sobre um caixote de papelão coberto por uma fina manta. Ao lado, havia outra filha, uma menina em torno de cinco anos, cuidando do bebê.

Perplexo, perguntei:

— Por que a senhora traz junto essa criança menor, deixando-a, três horas ou mais, exposta ao tempo?

Com olhar triste que estampa sofrimento, respondeu-me:

— Não tenho dinheiro para comprar mais leite e fazer mamadeira. Temos cinco filhos. O que ganhamos dá apenas para 15 dias. A pequena ainda mama no peito. Faço para mim um mingau de água, sal e farinha, assim tenho leite para alimentar minha filha.

E, com sabedoria, continuou:

— A farinha de milho é melhor do que a farinha de mandioca. Eu tenho mais leite, é mais nutritiva, e eu sinto que a minha filha gosta mais.

"Meu Deus", eu pensei, "Que mundo é este? Será que ouvi direito? É de ficar mudo, sem palavras!"

Naquele momento, vieram-me à memória trechos do capítulo final do livro de John Steinbeck, *As Vinhas da Ira*. O livro retrata a depressão americana após a quebra da bolsa de 1929, o sofrimento e a vida miserável dos agricultores falidos do Centro-Oeste, que foram para a Califórnia em busca de trabalho, que, na verdade, não existia — ou, quando existia, o salário era tão baixo que não dava nem para viver.

Uma das personagens, Rosa de Sharon, teve um filho que nasceu morto. Na cabana miserável onde procurou abrigo, encontrava-se, entre outros, um homem de meia-idade acompanhado de um menino de 10 anos, que disse a ela: "Ele está há seis dias sem comer. Seu estômago não aceita nada. Roubei um pedaço de pão. Dei a ele. Ele vomitou. Está morrendo! Precisa de leite". Então Rosa de Sharon consultou sua mãe, que a acompanhava, e tomou uma medida extrema. Seus seios estavam empedrados, pois não tinha mais o filho para amamentar. Aproximou-se daquele homem e ofereceu o peito para ele sugar o leite. No primeiro instante, ele recusou. Ela insistiu, e ele, então, aceitou!

Tanto o sacrifício da guardadora de carro, de um lado, como de outro, na abnegação da personagem do livro, retratam a grandeza do ser humano e a vergonhosa desigualdade social.

Jó, no capítulo 30, versículo 26 diz: *"Eu esperava a felicidade, mas veio a desgraça; eu esperava a luz, mas veio a escuridão".*

UMA CONVERSA DE BOTECO

O ponto de encontro: um boteco na travessa da Avenida República do Uruguai.

Não era, entretanto, daqueles frequentados pela classe média, cujos cardápios eram divulgados pela televisão, que participavam de concursos como a melhor comida de boteco da cidade, cujos pratos, às vezes exóticos, atraíam frequentadores para conhecer e degustar as novidades.

Era um boteco simples: mesas de plástico, cadeiras marcadas pelo tempo, piso de cimento cru, ambiente escuro, balcão antigo de madeira de pinho, no qual se destacavam os nós incrustados nas tábuas de 30 cm, medida padrão com que era serrada antigamente.

Sobre o balcão, uma estufa com vidro embaçado, colunas de metal com alguns pontos apresentando ferrugem, e, em seu interior, as iguarias: bolinho de carne (possivelmente do dia anterior), *rollmops* azulados, encapotados de vina, moelas fritas. Ao lado, uma caixa com pacotes de amendoim japonês, batatinha laminada e outros petiscos industrializados.

Mas era ali que os amigos se encontravam: ponto de longa data. Não se importavam se o copo para a cerveja apresentava as impressões digitais do garçom. Tinham até uma mesa cativa.

Enquanto não chegava a penúltima "Brahma", a conversa fluía. Conversa de boteco, conversa para descontrair: time do coração; vitórias e derrotas; juiz ladrão que marcou pênalti contra ou deixou de marcar a favor; crítica ao técnico e aos dirigentes do clube.

Na política: os escândalos, a incompetência dos governantes, a corrupção, as próximas eleições e seus candidatos.

E como não podia faltar, fofocas, muitas fofocas. Os três amigos tinham horror a essa palavra. Eles não eram fofoqueiros — simplesmente comentavam atos e fatos da vida alheia!

Naquele dia, o mais velho, com o rosto muito sério, falou que tinha um caso para contar. A voz estava embargada, não saía. E começaram as especulações: "Ganhou na Megasena? Viu assombração? O seu cachorrinho de estimação foi atropelado? Teve um pesadelo de que aquele fulano seria reeleito vereador? Sonhou que alguém estava tendo um caso com a vizinha?".

Ele deu um sorriso sem graça e se recompôs. Em seguida, começou a falar em tom baixo e compassado:

— Minha irmã tem uma diarista que mora no bairro Campo Comprido, nas proximidades do Rio Barigui. Certo dia, ela falou para a minha irmã: "Sabe, dona Maria, eu conheço uma família que mora não muito longe de mim e que vive em extrema pobreza". E descreveu a situação do casal e de seus seis filhos. Minha irmã ficou comovida, e, com a ajuda de parentes, reuniu uma quantidade razoável de alimentos e de roupas. Ficou combinado que, na sexta-feira seguinte, após o serviço, a diarista nos levaria à casa da sua conhecida. Digo nós, pois minha irmã ficou com receio de ir sozinha e intimou-me para que eu fosse junto. E lá fomos. Era inverno. A névoa tornava o frio mais intenso. O casebre ficava no fim de uma viela, encostado ao rio. Mais pobre impossível. As paredes, se poderia chamar aquilo de paredes, eram de folhas de compensado, apresentando frestas, pelas quais entrava o vento. O telhado era coberto com telhas irregulares de "Eternit" reaproveitadas, aquelas fininhas, de três milímetros.

Tomou um gole de cerveja e continuou:

— Lá havia duas camas, uma para o casal, outra para os seis filhos. As camas, na verdade, eram simplesmente acolchoados sobre folhas de papelão. O fogão era um tripé de ferro, que aparava uma panela esfumaçada, cozinhando, à lenha, uma sopa rala, indefinida.

Fez uma pausa, o olhar triste, e disse:

— Apenas essas visões cortariam o coração de qualquer ser humano, ao ver as condições lamentáveis em que nossos irmãos vivem. Mas o sofrimento e a pobreza não eram apenas esses. Era pior, muito mais triste e inimaginável!

Nós ficamos ainda mais atentos à história que nosso amigo contava. Ele, com a voz embargada, continuou:

— Notei que eles tinham cinco cachorros, todos magérrimos, vira-latas puros. Tive a curiosidade de saber o porquê de tantos cachorros. E ele falou, num misto de vergonha e humilhação, "Sabe, Senhor, os cachorros ajudam a esquentar as crianças no frio. Eles dormem juntos".

Ao terminar a conversa, estávamos todos lacrimejando. Detalhe: não havia ninguém fumando nas mesas vizinhas. Pagamos a conta e saímos de imediato. Não havia ambiente para tomar a última!

OS VICENTINOS

Não estranhem que os Vicentinos estão constando nesta coluna dos Excluídos.

Na verdade, eles prestam uma assistência às pessoas mais carentes da sociedade, as excluídas de fato, que vivem em condições extremamente precárias, nas quais a fome é um fantasma constante a assombrar suas vidas.

Por essa razão, o fornecimento de alimentos é a prioridade, pois a fome não espera, e, às vezes, o peixe demora muito para morder a isca. Àqueles que têm tempo, é ensinado a pescar, como se verá adiante.

Esta história destina-se a demonstrar o trabalho dos Vicentinos e, ao mesmo tempo, prestar-lhes uma homenagem por sua dedicação aos mais necessitados.

A SOCIEDADE SÃO VICENTE DE PAULO é um movimento católico destinado a auxiliar as pessoas indigentes, em suas misérias corporais e espirituais, em suas fragilidades sociais e econômicas, oferecendo um apoio para melhorar as condições precárias em que vivem e levar uma palavra de solidariedade, para dizer a eles que não estão sozinhos e que alguém se preocupa com suas famílias.

O nome foi dado em homenagem a São Vicente de Paulo, sacerdote francês (24/4/1581 a 27/9/1660), que dizia que *"Cada doente e cada pessoa, por mais miserável que seja, é a própria pessoa de Cristo e que, por isso, deveria ser tratado como tal"*.

O nome Paulo é o sobrenome de seu pai, Jean Paul. Ordenado jovem ainda, aos 21 anos, começou a dedicar-se aos pobres e a melhorar o dia a dia dos oprimidos. Dedicou total desprendimento aos seus irmãos necessitados, numa época em que a Europa estava devastada por guerras, por fome e sob uma opressão violenta. Qualquer deslize, por menor que fosse, era motivo para condenação, ou até mesmo o suficiente para destinar as pessoas à escravidão, como remadores de galés.

A título de exemplo de sua dedicação aos injustiçados, por um período, São Vicente de Paulo tomou o lugar de um condenado, a fim de sensibilizar a Marinha francesa para amenizar as condições desumanas e degradantes em que viviam essas pessoas.

São Vicente foi declarado Patrono de todas as obras de caridade da Igreja Católica. Atualmente, há um grande número de asilos, de casas de repouso e de recuperação de doentes e de hospitais beneficentes para homenagear o seu nome. Sem dúvida alguma, ele foi a "Irmã Dulce" de sua época.

Em 23 de abril de 1813, nasceu, em Milão, Antoine Frédéric Ozanam, filho de Jean Antoine Ozanam — médico famoso que atendia igualmente a pacientes de alta posição social e a doentes indigentes — e de Marie Ozanam, também dedicada à assistência aos necessitados e aos enfermos. Teve, desde a infância, o exemplo de dedicação ao próximo.

Em maio de 1833, aos 20 anos, fundou, em Paris, juntamente com seis companheiros, segundo suas palavras: "*Uma conferência de caridade, uma associação de beneficência aos pobres, a fim de pôr em prática o nosso catolicismo*". Denominaram-na Sociedade São Vicente de Paulo.

Nenhum dos jovens fundadores poderia imaginar o alcance dessa pequena Sociedade, à qual Ozanam passaria a se dedicar daí em diante, sem jamais poupar seus esforços.

Estudou Direito, Letras e Filosofia. Tornou-se professor e literato. Visitava pessoalmente os bairros pobres de Paris, onde fazia a divulgação de suas ideias por meio de artigos literários sobre a necessidade de atender aos mais carentes. Seu trabalho alcançou as maiores cidades da França e, posteriormente, chegou a várias capitais europeias, ramificando-se para o interior dos respectivos países.

A verdade é que a Sociedade de São Vicente de Paulo cresceu e hoje está presente nas Nações onde suas ideias, seus princípios e seus trabalhos são cultivados.

A Sociedade São Vicente de Paulo está organizada em conselhos locais, metropolitano, nacional e internacional.

Pode haver vários Conselhos locais em uma mesma cidade, como é o caso de Curitiba. Os Conselhos trabalham de acordo com as necessidades das pessoas carentes de sua comunidade. Quem executa esse movimento de base são os Vicentinos.

Para conhecer melhor o trabalho dos Vicentinos, a título de exemplo, vamos escolher o movimento ligado à Paróquia Santíssimo Sacramento, situada no Bairro Água Verde, atuante há 51 anos, cuja sociedade foi homologada em 10/12/1970 pelo Conselho Internacional, o qual tem sua sede em Paris.

O grupo é constituído por 10 pessoas, metade das quais com mais de 70 anos. O trabalho é voluntário, desempenhado anonimamente, sem auxílio governamental.

O grupo atende a 18 famílias, num total de 108 pessoas, todas com elevado grau de vulnerabilidade social. Essas são famílias de baixa renda ou mesmo sem renda alguma; mulheres com filhos pequenos, abandonadas pelos maridos ou pelos companheiros; pessoas inválidas ou mesmo acamadas, morando em condições sub-humanas.

É fornecida, mensalmente, uma cesta realmente substancial, organizada pelos próprios Vicentinos, a qual, na maioria das vezes, acaba sendo portadora dos únicos alimentos que os assistidos têm disponíveis para sua manutenção. Além dessas cestas, acompanham uma ou duas caixas de leite, conforme o número de filhos de cada família; alimentos à base de proteína; materiais de limpeza e de higiene pessoal. Todo primeiro sábado de cada mês, faça sol ou chuva, os produtos são entregues nas respectivas casas. Um detalhe: não atendem apenas a católicos, pois há várias famílias de outras religiões. Os Vicentinos dizem apenas que as doações são na intenção de São Vicente de Paulo e do Beato Frederico Ozanam.

A preocupação maior dos Vicentinos é com a alimentação. Essas cestas têm um significado maior do que amenizar a fome. Levam aos irmãos necessitados a sensação de que não estão abandonados, de que alguém pensa em suas vidas sofridas.

Os Vicentinos prestam também auxílios diversos aos seus assistidos, como conserto de casas, colocação de vidros nas janelas, troca de vitrôs quebrados, reparos de carrinhos coletores de lixo reciclável, reforma dos barracos, recursos para tirar documentos, doação de enxovais para recém-nascidos.

Quando um assistido tem um plano para melhorar suas vidas, os Vicentinos os apoiam, a custo zero. Casos de mini padarias, quando, então, são fornecidos um fogão, alguns utensílios de trabalho e até um pouco de matéria-prima para iniciar a atividade ou mesmo doações de máquina para cortar grama. Para outros, são fornecidos ajuda para providenciar documentos, orientações para obter benefícios sociais ou mesmo recomendações para vagas de trabalho.

No inverno, são fornecidas roupas próprias para a estação e cobertores conforme a necessidade de cada família. Os medicamentos, quando se precisa e com **receita médica**, são obtidos pelos Vicentinos por meio da Pastoral da Saúde.

Há casos em que os assistidos têm as suas geladeiras ou fogões sem condições de uso, alguns nem mesmo possuem esses eletrodomésticos. Nesses casos, eles são providenciados, sendo adquiridos no Bazar do Pequeno Cotolengo, onde os produtos são seminovos; e os preços, acessíveis.

No início do ano, de acordo com o grau de escolaridade em que se encontram, cada criança ou adolescente recebe todo o material escolar de que necessita.

Nos anos anteriores, era organizado, em meados de dezembro, no salão de festas da Paróquia, um almoço de confraternização para 150 pessoas. Devido à pandemia causada pelo coronavírus, o almoço dos anos de 2020 e 2021 foram cancelados.

No fim do ano, nenhuma criança fica sem presentes. Os Vicentinos montam uma árvore de Natal, colocada na entrada da Igreja, onde são fixados cartões com o nome e a idade de cada criança. No dia seguinte, todos já foram retirados pelos fiéis. O portador do cartão providencia o respectivo presente e entrega-o na secretaria da instituição. Esses presentes, junto a uma cesta extra de produtos natalinos e um assado, são entregues a cada família nos dias que antecedem o Natal. Acompanhando esses pacotes, os Vicentinos levam também uma palavra de otimismo, de esperança, de solidariedade, de fraternidade e de espiritualidade.

Os últimos 18 meses foram muito difíceis, devido à pandemia e ao confinamento, mas os Vicentinos cumpriram sua missão. Não houve interrupção nos serviços prestados.

Todos esses trabalhos só foram possíveis graças à ajuda dos paroquianos, de benfeitores, do Conselho Paroquial e do Pároco da Igreja que, além de seu apoio, cedeu uma sala para reuniões e um anexo da casa paroquial para a coleta de alimentos, para o seu armazenamento e montagem das cestas.

Um acontecimento sensibilizou os Vicentinos: certo sábado, na visita mensal para a entrega de alimentos a uma assistida (vamos chamá-la de Maria), ela estava servindo café a uma senhora (Joana) e aos seus quatro filhos, que, recentemente, tiveram de sair de um abrigo que os amparava. Maria disse: "Eles estão morando em um barraco aqui perto e não têm nada em casa!".

Uma família pobre ajudando uma mais pobre ainda! Uma caridade que comove!

A partir daquele dia, Joana passou a constar na lista dos assistidos pelos Vicentinos.

Esse fato faz lembrar uma lenda da Europa Medieval.

Certa pessoa vivia reclamando de sua vida: se tivesse dinheiro, faria isso, compraria aquilo, seria mais rico que o vizinho dela etc. A conversa era sempre a mesma. Mudavam apenas as suas ambições. O demônio, que está sempre rodeando as pessoas para levá-las a cair em tentação, apresentou-se e fez uma oferta:

— Você terá todo o dinheiro do mundo para atender aos seus desejos. No entanto, no dia em que você não puder gastar mais, a sua alma será minha.

Era a oportunidade de realizar os seus sonhos. Não pensou duas vezes!

— Trato feito! — confirmou a pessoa.

O demônio cumpriu sua palavra e colocou à disposição do contratado um valor enorme em moedas de ouro. Esse começou a gastar loucamente em casas, celeiros, quintas, animais, barcos, bebidas, mulheres, roupas, armas, presentes para todos os conhecidos, joias e tudo o mais que se podia imaginar na época.

Entretanto, chegou o dia em que cansou. Não tinha mais ânimo para comprar ou gastar!

Nesse momento, o demônio voltou para buscar a sua presa e disse:

— Você perdeu. Agora a sua alma é minha!

— Só agora caí na realidade. Eu não poderia ganhar nunca! — lamentou o homem.

— Você poderia ganhar, sim! — enfatizou o diabo.

— Mas fazendo o quê? — gaguejou o indivíduo.

— Simplesmente fazendo caridade! — respondeu-lhe o capeta, conhecedor profundo da raça humana, com um sorriso malicioso nos lábios.

UM MORADOR DE RUA

As últimas palavras que falei ao meu pai foram as seguintes: "Seu FDP, nunca mais vai me bater! Vou sair de casa, mais um dia volto *para matar você!*".

Nossa vida era normal até os meus 9 ou 10 anos. A casa era simples, mas não era favela. Éramos três irmãos — dois garotos e uma menina. Hoje, ela está na Espanha, e o meu irmão desapareceu no mundo. Sou o mais velho.

Meu pai não tinha profissão nem serviço fixo. Fazia biscates. Minha mãe era diarista. Na verdade, ela sustentava a casa. Eu vivia descontraído nas ruas empoeiradas de Fazenda Rio Grande. Brincadeiras da idade: jogar futebol, nadar no riacho, disputar corridas com os amigos. Estudos? Fui até a 4ª série do ensino fundamental.

A partir de certa idade, meu pai começou a beber e a se envolver com drogas. Nossa vida tornou-se um inferno. De início, começou gritando com todos; depois vieram as surras. Minha mãe era o saco de pancadas, mas sobrava para a gente também.

Tudo era motivo para apanharmos: falta de serviço, bronca que levou na rua e, principalmente, falta de dinheiro para comprar crack ou pinga.

Chegou a um ponto que tomei a decisão de sair de casa.

Depois de algum tempo, fiquei sabendo que meu pai morreu igual a cachorro, na rua, abandonado. Não precisei matá-lo. O álcool destruiu seu fígado. Foi a tal da cirrose. Fiquei contente. Falei simplesmente: "Foi tarde demais!".

Mas chega de falar do passado. O Senhor deve ter interesse no meu presente.

Sou um morador de rua. As pessoas nos veem como preguiçosos, desocupados, marginais, até mesmo com doenças contagiosas. Fogem de nós como o demônio foge da cruz. Já notou como as pessoas nos olham quando pedimos uma moedinha? Olham com indiferença, como se nós não existíssemos. Olham com medo. Olham com raiva. As palavras que mais ouvimos: "Vai trabalhar, vagabundo!". Esquecem que somos seres marginalizados, seja por opção, seja por falta de oportunidades, por problemas pessoais. Na maioria das vezes, estamos tão fracos que não temos forças para levantarmos sozinhos.

Pergunto: o Senhor nos daria emprego em sua firma ou em sua casa? A gente não chegaria nem no portão. Não somos bandidos, ladrões ou tarados. O senhor já viu nos noticiários policiais algumas dessas ocorrências feitas por moradores de rua? São pouquíssimas. Nós somos pacíficos, resignados com o nosso destino!

A rua dói. Traz apenas sofrimento! A fome queima o estômago. A gente fica fraco. A visão fica embaçada. Quando aperta, a gente procura comida no lixo. Alguns restaurantes — poucos — nos dão um marmitex. A maioria joga a comida no lixo. Se eles soubessem como faz falta! Pelo menos não passamos sede. A água é fácil de encontrar.

A noite é outra grande dificuldade. No inverno, o frio corta a alma. Às vezes, encontramos um local abrigado da chuva e do vento. Na manhã seguinte, o dono da loja joga água duas vezes ao dia para a gente mudar de local. No início de uma noite de inverno, perguntei a uma pessoa se ela tinha uma coberta para aquecer-me. Sabe qual foi a sugestão? "Corra em volta da quadra que você esquenta!".

Quer saber o que tenho? Uma coberta, um travesseiro e um papelão que faz o papel de colchão.

Roupas: uma camisa, um chinelo, uma blusa e uma calça. Tudo usado. Durante o dia, guardo a roupa de cama, se assim se pode dizer, no galho de uma árvore, envolvida em um plástico (mostrou um volume amparado em dois galhos de uma árvore na calçada da Avenida Água Verde, quase em frente ao Pão da Vovó). A roupa de cama guardo numa caixa d'água da Sanepar. É limpo. Faço isso, pois têm pessoas de má índole que podem encontrar o pouco que tenho. Jogam no lixo, quando não tocam fogo. Morador de rua não rouba de morador de rua.

A noite traz medo. Você não consegue dormir pensando que grupo de *skinhead* pode aparecer, dar uma surra ou mesmo jogar álcool e riscar um fósforo. Por que tanta maldade? A noite também traz a solidão. Talvez pior que a fome e o frio é a solidão. Fome e frio, de um modo ou de outro, você contorna ou acostuma. A solidão não tem remédio. Gruda na alma.

O Senhor pergunta: as entidades governamentais não prestam assistência? Sim. Vem uma Kombi com pessoas falando bonito e oferecendo tudo de bom. Uma noite, deram uma marmita e perguntaram se poderiam filmar, apenas para dizer que estavam fazendo alguma coisa. Na verdade, quando você chega ao abrigo, tudo é diferente. Outro tratamento. Você tem que acordar em torno das 5 horas. A maioria são usuários de droga. O ambiente é pesado. Você corre o risco de ser deportado para a sua cidade de origem.

Você é escravo do horário. O morador de rua é livre. O céu é o meu teto. O piso do cimento duro é a minha casa.

O que eu gostaria de ser? Um empresário, para auxiliar meus irmãos de sofrimento. Dar emprego, oportunidade de sair da rua, constituir família, criar os filhos, para que não faltasse carinho, comida, educação e futuro decente.

Deus? Prefiro não falar nisso, nem de religião também.

O cachorro? Esse sim é meu leal companheiro. Ele me escuta, entende-me, fala comigo. Um simples olhar é o suficiente para saber o que cada um está sentido ou dizendo. Ele lambe o seu pé ferido, esquenta o seu corpo no frio, protege-me à noite, acompanha o meu dia. É uma benção.

Existem pessoas que entendem esse relacionamento.

Quer ver uma prova? Espera um segundo que eu já volto. Está vendo esse saco de ração de cinco quilos? Pois bem, ele me foi dado por uma pessoa que gostou de ver como eu tratava o cachorro e de como ele me tratava.

Desculpe, Senhor, já falei demais. Está escurecendo. Tenho que trocar as moedinhas que ganhei no dia por alguma coisa para comer e procurar um lugar para dormir. Obrigado por ouvir-me. Se possível, repasse essa conversa para outras pessoas. Talvez elas entendam melhor um morador de rua.

P.S.: Esse depoimento foi-me dado por Fábio, nome não verdadeiro para manter o anonimato. Data: 18 de fevereiro; local: escada de um Supermercado na Água Verde. Trata-se de um rapaz de 30 anos, moreno claro, altura mediana, cabelo comprido, barba rala, olhos vivos que demonstram inteligência. Comunicativo, transmite claramente suas ideias. Ao escrever esse depoimento, declaro que nada inventei. Apenas repassei uma voz das ruas. Não é possível ficar indiferente, é impossível não se sensibilizar com isso.

XIMENORI

Em 2016, a Prefeitura de Curitiba contabilizou 1.700 moradores de rua, segundo dados fornecidos pela Fundação de Ação Social (FAS).

A *Gazeta do Povo*, em 20/10/2018, publicou um artigo informando que Curitiba tinha, ao menos, 2.369 moradores de rua, ou seja, um acréscimo de 39% em dois anos.

Em 2020, mantido o crescimento proporcional, agravado pela crise social e financeira que assola o país, com certeza essa população alcançará 3.500.

Trata-se de um número assustador. Segundo o IBGE — dados de 2019 —, o Paraná tem 45 municípios com menos habitantes do que os moradores de rua circulando na capital do estado.

Não é difícil encontrá-los. Estão nas ruas, nos parques. O lugar preferido deles são as marquises, onde procuram abrigo do vento e da chuva. Muitas vezes, os comerciantes jogam água nas calçadas ou no piso, a fim de que eles procurem outra "pensão". Isso quando não jogam água sobre eles mesmos.

Mudam os tipos físicos: alto, baixo, branco, pardo, negro, mas as aparências são semelhantes: roupas surradas que não primam pela limpeza, chinelos tipo havaiana, cabelo e barba por fazer. Seus bens, eles os levam nas costas. O saco plástico contém no máximo uma camisa, uma calça e uma blusa. A roupa de cama é, em geral, dois cobertores surrados: um para deitar; e outro para cobrir, quando não dormem sobre papelão.

Não se pode se esquecer do cachorro. Ele é o companheiro, o amigo leal do dia e da noite. Um entende o outro. Diz a lenda que falam entre si. Eles têm um dialeto próprio!

As razões que levam uma pessoa a morar na rua são as mais variadas: drogas, desemprego, briga familiar, desilusão amorosa, agressão dos pais, crise de religião, crise existencial, surto, fracasso na profissão e outras mais. Em comum, eles têm apenas a fome e o frio. O ser humano é social, mas o morador de rua é solitário. Depende de si próprio para sobreviver. A moeda que pede é o pão do seu dia. O transeunte não precisa fazer uma doação, mas não precisa ofendê-lo, chamando-o de vagabundo ou outros termos mais agressivos.

Eles não têm forças para se reerguerem sozinhos. Perderam até a esperança. O homem que perdeu a esperança não possui mais nada. Precisam, ao menos, de algo para lhes dar dignidade.

Foi citado que 45 municípios do Paraná têm uma população menor do que o número de moradores de ruas de Curitiba. Todos esses municípios possuem um hino que louva suas terras; enaltece seu povo; demonstra a altivez de seus habitantes.

Os moradores de rua deveriam também ter uma música para sensibilizar sua alma, despertar seu orgulho, aflorar seus sentimentos e trazer a lembrança de que, acima de tudo, eles ainda são seres humanos.

Essa música poderia ser chamada de CANÇÃO DO MORADOR DE RUA, ou então HINO DOS EXCLUÍDOS.

Uma sugestão da letra:
A nuvem trouxe chuva.
Ficamos sozinhos
A nuvem trouxe chuva.
A chuva virou granizo.
Não se preocupe.
O que o pobre tem a temer?

Sua casa é o céu onde quer que esteja.
Todos os pertences nos ombros... pelas estradas, pelas estradas.
Vamos lá. Icemos as velas ao sonho e ao esquecimento.
Lágrimas à vida seca.
Amanhece! Amanhece!

Confesso que nada omiti ou acrescentei. A sugestão dada, na verdade, é a letra, na íntegra, de uma canção grega chamada XIMENORI, cuja tradução significa AMANHECE.

Quem a canta é NANA MOUSKOURI. Sua voz é suave e aveludada. A música é alegre e divina. Vale a pena ouvir. O Google tem a versão em português. Seu autor se chama Manos Hadjidakas.

Uma observação: a letra e a música são simplesmente uma sugestão.

A cidade tem grandes poetas e escritores, grandes músicos e arranjadores que poderiam compor um hino que identificasse melhor os sofridos moradores de rua.

QUEM SE HABILITA?

Fiquei em dúvida se escreveria ou não sobre este tema, ou seja, um hino dedicado aos excluídos. Pensei depois que, se a gente lê cada absurdo (tais como: a Terra ser plana; alienígenas invadindo nossos corpos; zumbis aterrorizando as pessoas; serra elétrica retalhando a quem aparece em sua frente; seres de Saturno roubando nossas águas; e dezenas de casos semelhantes), acredito que um absurdo a mais não fará diferença alguma.